Natsume
&

「……死ぬほどすきだ」

覆い被さりながらの告白は首筋に着地した。

熱っぽい息を吐き出す唇が、首筋からあご、
肩のラインを辿っていく。

（「隣の猫背」P.111より）

Chara

恋愛前夜

凪良ゆう

キャラ文庫

この作品はフィクションです。
実在の人物・団体・事件などにはいっさい関係ありません。

目次

口絵・本文イラスト／穂波ゆきね

隣の猫背

1

朝食はマーガリンを塗りつけたトーストと、ぬるくなったコーヒー。最後の一口を食べながら立ち上がり、皿をキッチンのシンクに突っ込んだ。そこには一足先に出勤した母親の皿もあって、二人分の皿はナツメが洗う。母子家庭のナツメの家での決まり事の一つで、バタバタしている間に時計は七時四十五分、登校時間がやって来る。

狭い玄関で靴をはいていると、隣の家のドアが開く音が聞こえた。

トンと爪先を床に打ちつけ、ナツメも家を出る。薄暗い市営住宅の階段を下りていくと、制服の半袖《はんそで》シャツが猫背のカーブを描く大きな背中が見えた。一度も染めたことがないカラスみたいな黒い髪。伸び切った襟足《えりあし》が一筋ピンとはねている。いつものことだ。

「トキオ、そろそろ髪行けよ」

寝グセを指で弾くと、トキオが振り向いた。髪と同様、タイも曲がっている。乱暴に直してやると、トキオは窮屈そうにクイと首をかしげた。めんどくさいという感ありありで、しかし一応サンキュと言い、またかったるそうに階段を下りていく。

「トキオ、昨日、また遅くまで描いてただろ」

「ああ、もうすぐ締め切りだから」

トキオは架空のカレンダーを繰るように宙を見る。トキオの趣味は漫画を描くことだ。高校に入ってからは投稿とやらをしているので、もう趣味の域を脱しているけれど。

「描くのはいいけど、音楽うるせーよ。趣味悪いんだから少し絞れよな」

「ゲーム中にうおっとか叫ぶやつに言われたくない。壁越しでも手元狂うんだぞ」

お隣同士、壁一枚隔てた場所で暮らしていると、相手の生活パターンは手に取るように分かる。別に困らない。子どものころから、お互いもう家族みたいなものだからだ。

建物の外に出ると、初夏の日差しに目を焼かれ、ナツメとトキオは同じタイミングであちーと手をかざした。爽《さわ》やかな朝の町をダラダラ歩き、駅行きのバスに揺られ、やばい、今日数学さされるとか、体育だるいとか、独り言みたいに勝手に呟《つぶや》いている間に駅に着いた。

「トキオ、夕飯なんか食いたいもんある?」

いつもの八番ホームに並びながら、ナツメが問う。

「魚の塩焼き、大根おろしつきで。あと適当にあっさり系」

「お前、相変わらず献立に高校生らしさがないな」

「ナツメに任せると肉ばっかり続くだろ」

話す声にアナウンスが重なって、ホームに電車が入ってくる。ぷしゅっと空気音が弾けてドアが開く。じゃあなとトキオに簡単に手を振り、ナツメは乗り合わせているクラスメイトたちのほうへ行った。このあとはもうトキオとはずっと別行動だ。

「あ、ナツメ、今日、茶高《ちゃこう》の女の子と会うんだけどお前も来てくんねえ？」

朝の挨拶《あいさつ》もそこそこに秋元《あきもと》が話しかけてきた。仲間内ではリーダーのような存在だ。

「なに、いきなり」

「ナツメ連れてくと女が喜ぶだろ？」

細身でハーフっぽい顔立ちのナツメは、女の子たちの受けが抜群によく、こういうときはいつも撒《ま》き餌《え》にされる。悪い気はしないが、面倒も多い。

「まあ、女の子たちのテンション上げたら、さっさと撤退してほしいんだけど」

秋元がニヤッと笑い、ほらな、とナツメは内心ではなじろんだ。

「どうせそんなとこだろうよ」

フンと鼻を鳴らすと、朝の電車内ではやや注目を集める大きさでみんなが笑った。ゆるく制服を着こなして、頭も鞄《かばん》もフットワークも軽いグループがナツメの属する世界だ。特別悪くなく、真面目でもなく、遊びもそこそこ、未来にでっかい夢もないが深い落胆もない。

みんなに合わせて笑いながら、ナツメはちらっと車両の反対側を見た。

トキオは斜めに窓にもたれ、耳にイヤホンを突っ込んで目を瞑《つぶ》って音楽を聴いている。カラスみたいに真っ黒な髪に透明な朝陽が当たって、輪郭がちらちらと金色に光る。

瘦《や》せ型だが筋肉はしっかりついているし、背も高い。昔はナツメよりもずっとチビでガリだったのに、中学のころから豆の木みたいにぐんぐん伸びて、今では百七十三センチのナツメを余裕で見下ろしてくるのだから憎たらしい。

顔も男らしく整っているのだから、もう少し手を入れればいいのに。あれでは宝の持ち腐れだ。でも髪型や洋服のセンス、女の好み、彼女の有無、友人の数。十七歳の高校生が普通に興味を持ち、密かに競う事柄全般、トキオにとってはどうでもいいことが多い。

こうして群れているナツメと違い、トキオは一人でいることが多い。

幼なじみであるナツメとも学校ではあまり口をきかない。避けているわけではなく、クラスも属する友人枠も違うので単に接点がない。というかトキオに特別親しい友人はいない。学校には漫画や小説好きなオタ系も結構いるのに、トキオはその中にも入らない。

トキオはいつも基本『一人』だ。

なのに『一人ぼっち』というイメージはない。

どこか飄々《ひょうひょう》としていて、一人でいることが惨めにならない空気感がある。人とは違うと主張したがる反面、孤独は怖い。厄介な年齢の高校生の中で、トキオのようなタイプは珍しい。格好いいと言ってもいいほどだが、恥ずかしいので本人には絶対言ってやらない。

ナツメは口元だけで笑い、スイとトキオから視線を逸《そ》らした。

2

ナツメが小学五年生のとき、両親が離婚した。

引っ越し先は山を切り開いて作られた地方都市の、よくある市営住宅だった。

同じ大きさの豆腐みたいな白い箱がたくさん。

建物を挟むように作られた駐車場には、赤や黄色や空色の小さな車がたくさん。

駐車場の隣には広場があり、ナツメと同じ小学生くらいの子どもがたくさん。

母親と一緒に荷物の入った段ボール箱を運ぶナツメを見て、広場の子どもたちは遊びを中断した。ひとかたまりになって、こちらを見てなにか話している。会話までは聞こえず、でもヒソヒソと話す様子が癇《かん》に障る。ナツメはふんと顔を背けた。

「お母さん、俺たち、いつまでここに住むの?」

部屋に入ってから問うと、母親はあっさり「ずっと」と言った。

「俺、前の家がいい」

「お母さんも前の家がいい。でも仕方ないの」

母親はさばさばと荷ほどきをはじめ、ナツメはむうっと唇を噛《か》んだ。

――お父さんとお母さんは話し合いをして、別れて暮らすことになったの。

――ナツメはこれからお母さんと二人で暮らすのよ。

――学校も転校するから、お友達にバイバイ言いなさいね。

――お母さんはこれから毎日働くから、ナツメもいい子にしてちょうだい。

――仕方ない。仕方ないの。仕方ないのよ。

「『シカタナイ』なんて嫌いだ」

小声で呟き、ナツメはむすっと勉強机に教科書を並べた。前の家は二階建てで、ナツメの部屋は六畳あった。でもここは四畳半。だから漫画やゲームは全部持ってこられなかった。

「やだ、洗剤なくなっちゃった。ナツメ、お使い行ってきて」

「えー、スーパーの場所知らないよ」

「前の道に出て、左に少し行ったところにコンビニがあったでしょう。早くして」

ふくれっ面のナツメに母親は小銭を握らせる。仕方なく玄関で靴をはいていると、インターホンが鳴った。出てちょうだいと母親が言う。人使いが荒いなあとドアを開け、ナツメは目を見開いた。「お父さん!」と叫ぶと、ええっと母親が急いで出てくる。

「あ……、お忙しいところすみません。隣の仲村《なかむら》と申します」

挨拶をしたおじさんは父親ではなかった。逆光で大きなシルエットを見間違えたのだ。

「下に荷物の段ボールが忘れてあったので、多分、こちらのだろうと」

「まあ、すみません。越してきたばかりでバタバタしていたもので」

母親が荷物を受け取りながら頭を下げる。

「いえいえ、うちも先週越してきたばかりなんです。仲村と申します」

「ご丁寧にどうも、萩原《はぎわら》と申します。こっちは息子のなつめ、五年生です」

「ああ、うちのと同い年だ。時生《ときお》、挨拶しなさい」

そう言って押し出されたのは、ひょろりと痩せて暗そうなチビだった。

「……仲村時生です」

表情筋をピクリとも動かさず、目を伏せてナツメを見ようとしない。気に食わない。おうと偉そうに答えると、ちゃんと挨拶しなさいと上からこづかれた。くそっ。

「萩原なつめ、です」

向こうがよろしくと言わなかったので、自分も言わなかった。さっさとお使いに行こうと母親にもう一度コンビニの場所を確認すると、トキオの父親が遠慮がちに口を挟んだ。

「あそこのコンビニ、住宅用洗剤は置いてないと思いますよ」

母親があらと困った顔で頬に手を当てる。

「時生、なつめくんにスーパーの場所を教えてあげなさい」

いらない。そう思ったけれど、母親が「まあ、助かります」と頭を下げたので口には出せなかった。トキオは黙ってうなずき、ちらっとこちらを見てから玄関を出て行く。

「道、教えてくれたら一人で行くから」

階段を下りながら言うと、トキオがゆっくり振り返った。死んだ魚みたいな目だ。興味なさそうに「あ、そう」と呟き、半屋外の踊り場から外を指さす。

「あの二つ目の信号を右。次の信号は左。そのまま歩くと道が二つに分かれて――」

ややこしい。同じ建物がたくさん並ぶ市営住宅、似たような並木道、土地勘もない。でも今さらやっぱり案内しろとは言えない。ナツメは分かったと一人で階段を下りた。

白い箱を出ると、目の前にまた同じ箱が見える。その向こうにも同じ箱。合わせ鏡みたいに出口がなさそうで気が遠くなる。広場では子どもたちがボール遊びをしていて、はしゃぐ声がナツメに一人ぼっちを意識させた。初夏の日差しに頭のてっぺんがジリジリ焦げる。

どれもこれも、シカタナイ――。

唇を引き結び、ぎゅっと小銭を握ってナツメは歩き出した。

道を何本か間違えたが、なんとかスーパーに辿《たど》り着き、また来た道を戻る。しかし近くまで戻ってきて困った。自分の家はどれだろう。引っ越したばかりでまだ棟数を覚えていない。あっちだったような気がするし、こっちのような気もする。

同じ白い箱の前をうろうろする中、建物入り口近くの階段に人影を見つけた。トキオだ。薄暗い階段に腰を下ろし、膝《ひざ》に載せたノートになにか描いている。

トキオがいるということは、当然我が家もここにある。ホッとそちらに近づいたときだ。目の前をひらりと青いアゲハ蝶《ちょう》が横切り、ナツメはビクリと足をすくませた。

ナツメの周りを蝶はひらひらと飛び回る。すーっと視界からはみ出て消えた次の瞬間、右側頭部にかすかな違和感を覚えた。蝶がとまったのだ。ぞっと寒気が走る。

「お、おい……っ！」

呼びかけると、トキオが顔を上げた。

迷惑そうに口元をへの字に曲げ、ん？　と目を眇める。

「……お前、頭にアゲハついてるぞ」

そんなことは分かっている。なんとかしてくれ。

「は、払ってくれ、こいつ……っ」

恐らくそこにいるだろう蝶を、目だけ動かして示す。

ナツメは世の中で蝶が一番嫌いだ。真っ赤な顔で震えていると、トキオはノートと鉛筆を階段に置いて立ち上がった。ナツメのすぐ手前まで来て、けれどその場に突っ立ったまま、じろじろとこちらを観察しはじめた。真っ黒な二つの目がナツメを包む。さっきまで死んだ魚みたいだった目が、今は爛々《らんらん》と輝いている。

「な、なに見てんだよ。早……ひっ」

パタパタと、かすかに羽ばたきの音が聞こえた。怖い。気持ち悪い。動けない。誰か助けてくれ。おぞましすぎて涙がにじみ、それは盛り上がり、目の縁からこぼれた。

真昼の市営住宅の階段は差し込む光と影の境界がはっきりしている。ナツメはちょうど光の当たる明るいほう、トキオは影になっている暗いほうに立っていて、それぞれ違う世界から相手を見ているようだ。トキオは息すら殺し、一心不乱にナツメを見つめている。

——アゲハも怖いし、こいつもなんか怖い。

恐怖が限界を突破しそうになったころ、トキオが納得したようにうなずいた。こちらに手を伸ばし、そうっとナツメの髪を払う。パタタと音がして、思わず目を瞑った。

「行ったぞ」

トキオが言う。恐る恐る目を開けると、すぐ近くにトキオの顔があった。辺りを見ると、忌々《いまいま》しい蝶は向こうをひらひら飛んでいた。安堵の反動で怒りが湧いてくる。

「な、なんで、すぐに追っ払わなかったんだよ」

涙で濡《ぬ》れた目元を拭《ぬぐ》いながら、ナツメはトキオをにらみつけた。

「綺麗《きれい》だったから」

トキオは残像を追いかけるようにスーッと視線を移動させた。

「お前の髪、茶色いから日に透けると光って金色に見える。金色の上に青いアゲハがとまってるのがすごく綺麗だった。泣くから、もっと綺麗になった」

カッと顔が熱くなった。

「わ、わけ分かんないこと言うな！　俺は泣いてない！」

声を荒らげるとトキオが視線をこちらに戻し、ナツメはビクッとした。対象物を真っ直ぐ見据えるトキオの目には妙な迫力がある。しかし負けてなるものか。

「お、俺は絶対に泣いてないからな。変なこと言いふらしたら殴るからな」

怖い顔で、精一杯脅しをかける。しかしトキオは平然としている。表情に乏しくてなにを考えているのか分からない。苛々《いらいら》して、分かったのかと念を押すとトキオは口端を持ち上げた。

「ああ、いいよ。秘密にしてやる」

偉そうな言い方にカチンと来たが、トキオはさっさと踵《きびす》を返し、ノートと鉛筆を拾って階段を上がって行く。ナツメはスーパーの袋を手に猫背のチビを見送った。

失敗だ。大失敗だ。あんな暗くて弱っちそうなやつに泣き顔を見られたなんて。

トキオの第一印象は、変なやつ、それに尽きた。

あんなやつとは友達にはなりたくない、というナツメの意見にもかかわらず、新参者のお隣同士、離婚が原因で母子家庭になったナツメの家と、同じ原因で父子家庭になってしまったトキオの家とは、家庭環境が似ていることも手伝って嫌でも距離は縮まった。

「これから、夕飯は時生くんと一緒に食べることになったからね」

「ええー、嫌だ。俺、あいつ嫌いだもん。暗いし、ひょろいし」

「そんなこと言うもんじゃありません。お母さんも来週から仕事で帰りが遅くなるのよ。お隣さんも会社勤めで遅いみたいだし、子どもが一人で夕飯を食べるのは情操教育上よくないの。あんたはこれから時生くんとご飯を食べる。これは決定です」

「そんなのずるい。ジョーソーに悪い原因を作ったのはお母さんたちだろう」

「子どもが生意気言うんじゃないの」

　ゲンコツをくらい、ナツメは盛大にぶすくれた。大人は本当に勝手だ。

　そして合同夕飯の初日、トキオは二人分の持ち帰り弁当を手にナツメの家にやってきた。小学生に火を使わせるのは危ないからと、これも親同士が決めたことだ。

「はあ？　なんでシャケ？　ハンバーグとかあっただろう」

　弁当の蓋《ふた》を開け、ナツメはいきなり口を尖《とが》らせた。

「魚が好きだから」

　無表情に言い、トキオはごく自然に居間に腰を下ろした。

「俺は肉がいいんだ。唐揚げとかハンバーグとか海老フライとか」

「海老は肉じゃない」

「海老フライは特別なんだよ。分っかんねーな、お前」

　しかしトキオはナツメの文句を無視し、いただきますも言わず一人で先に弁当を食べはじめた。仕方ないのでナツメもぶすっと弁当を食べた。一応いただきますは言ったが、それ以外は会話もなく、静かな暗い食卓が本当にジョーソーにいいのか激しく謎だ。

食べ終わると、ナツメはすぐにゲームをはじめた。

「お前もやる？　少しなら貸してやってもいいぞ」

新作のゲームだ。当然やりたいだろうと鼻を高くして誘ったが、いい、とそっけなく断られた。ムッとして、あっそうとナツメもゲームの続きに戻った。しかし気になる。

チラチラ見ていると、トキオは鞄からノートと鉛筆を出し、なにやら描きはじめた。そういえばアゲハ事件のときもトキオはなにか描いていた。ジュースを飲みに行くフリで、ナツメはテーブルにかじりついているトキオの手元をちらっと見た。思わず立ち止まる。

——漫画だ！

A５のノートには女の子や男の子の絵がたくさん描いてあった。色んなポーズで、顔も色んな角度から描いてある。すごくうまい。ちょっと見せてほしいと喉《のど》まで出かかったが、自分から話しかけるのは癪で思い留まった。

ナツメは知らんぷりでゲームに戻った。現れる敵を呪文や剣で倒していく。テンションが上がるとつい声が出てしまう。今日はトキオを意識して、いつもより声が大きくなった。勝利した瞬間、思わず「やったー」と振り返ったが、トキオは絵を描いていて顔も上げない。

「…………」

盛り上がった気分が下がり、ナツメはふんと鼻を鳴らした。ゲームはみんな好きで、一人がやってると大抵わらわらと寄ってくるのに。今日は後ろが気になって集中できない。そうなると面白くもなくなって、でも意地で続けていると、やっとトキオがやって来た。

――よしよし、やっぱお前もゲームしたかったんだな。

やらせてと頼むなら、少しだけ貸してやろう。攻略方法も知らないだろうから、頼まれたら教えてやってもいい。しかしトキオはナツメから少し離れた場所に腰を下ろし、三角座りの太ももにノートを載せ、またなにか描きはじめた。ときどきちらっとこちらを見る。

――もしかして、俺を描いてる？

意識すると緊張で手元が狂う。雑魚《ざこ》相手にパーティは全滅してしまい、なんだか腹が立ってきた。蝶は追い払わないし、泣いてるところを見られるし、ゲームはやらないし、こいつのマイペースすぎるところが気に入らない。

「それ、見せろ」

ナツメは立ち上がり、じろっとトキオを見下ろした。抵抗したら殴ってやると目に力を込めるが、トキオは全くビビることなく自分の隣の畳をポンポンと叩《たた》いた。座れということか。ムッとしたが、トキオはもう顔をノートに戻して黙々と鉛筆を動かしている。

――くそっ、二人でいるんだから少しはキョーチョー性を身につけろ。

ナツメはむすっとトキオの隣に腰を下ろし、ノートをのぞき込んだ。同時に目を見開く。白い紙の上に横顔のナツメがいる。似てないけど、自分だと分かる。なんでだ。

「な、なあ、これ俺だろ、すげえ、お前、めちゃくちゃ漫画うまいな」

怒っていたことも忘れて話しかけると、トキオがこちらを見た。

「これは練習だから」

「これで?」

驚くナツメに、トキオは口端をわずかに斜めに持ち上げた。分かりにくいが、多分、笑ったんだと思う。絵はうまいのに、笑顔はぶきっちょなやつだ。

「すげーな。あ、そうだ、ワンピ描いてくれよ。ワンピ。誰でもいいから」

しかし、トキオは今度は口端をへの字に下げた。

「描けない」

「なんで、描けるよ。あ、本あるし見せてやろうか。横に置いて真似すればいい」

立ち上がると、描かない、とはっきり言われた。

「描けるけど、描かない。誰かの真似してもつまらない」

強い口調だった。上がっていたテンションがするする下がり、ナツメは、あ、そう……としょんぼり座り直した。前の学校にも絵のうまいやつがいて、みんな好きなキャラクターをお願いして描いてもらっていた。本人も自慢そうだったのに、なぜトキオは嫌がるんだろう。

——やっぱり、こいつ変なやつなんだ。

そう決めつけて、しかしやっぱり気になるのでまたちらっとノートを見た。トキオは黙々と絵を描き続けている。トキオの右手からシャッシャッと鉛筆と紙がこすれる音がする。音が一つ重なるごとに、なにもなかった紙の上になにかが現れる。

――あ、また俺だ。

横顔のナツメ。怒ってるみたいに少し唇が尖っている。

――俺、こんな顔してる?

さっきの気まずさも忘れてナツメはじっとそれに見入った。柔らかそうな髪。頭のはちの部分にトキオのシャッシャッが集中する。なんだろう。リボン? 違う。……あ。

「蝶々なんか描くな!」

あのときのおぞましさが蘇《よみがえ》り、思わず声を荒らげた。トキオがこちらを見る。ノートを取り上げようとしたが、さっとかわされた。貸せよ。嫌だ。いつのまにか上を下へのもみ合いになり、あと少しというところでトキオは身体の下にノートを敷いてしまった。

「貸せってば」

ナツメはトキオの上に馬乗りになって見下ろした。形勢はこっちが有利だ。なのにトキオはちっとも悔しそうでもなく、冷静にナツメを見つめている。

「貸さないと、殴るぞ」

拳を固めて振り上げると、トキオがふとナツメの肩越しを見た。

「あ、蝶々」

心臓が大きく跳ねて、ナツメはわーっとトキオに抱きついた。そのままゴロンと転がって上下を入れ替え、トキオの下に隠れるように身を縮める。やばい、やばい、怖い。蝶々だけは本当にだめなのだ。目を瞑ってギュッとトキオにしがみつく中――。

「ウソ」

と聞こえた。え？　目を開けると、至近距離でトキオと目が合った。

してやったりという顔をしていたらムカついたろうが、トキオはまた真剣な目でナツメを見ていた。真っ黒な目が自分の内部にまで食い入ってくるようで、なんだか怖い。こいつの目は一体なにを見てるんだろう。ナツメはゴクッと唾《つば》を飲み込んだ。

「ああ、分かった。お前の目、大きいけど二重じゃないな。端がシュッってしてる」

トキオはポツリと言い、ナツメの上からどいた。ナツメの下からはみ出していたノートを引き出し、畳の上にノートを置いて、くるんと猫背で丸まって、何事もなかったようにまた鉛筆を動かしだす。絵を描いているときのトキオは、一心不乱という言葉がピッタリだ。

ナツメは毒気を抜かれ、そろっと隣に行った。やっぱりノートにはナツメがいた。今度は正面からで、泣きそうな顔で頭には蝶々がとまっている。けれどもうツッコむ気もない。

「俺、こんな顔？」

問うと、全然、と答えが返ってきた。

「もっと綺麗だ。もっと綺麗で、もっと、もっと、もっと――……」

途中から言葉すら忘れたように、トキオの声は途切れた。本物の自分が横にいるのに、トキオの目も意識もノートの中のナツメに釘付けで、やっぱり変なやつだと思った。

「俺なんか描いて、楽しい？」

「楽しい」

「なんで？」

「分からないけど楽しい。だから描く」

「……ふうん」

さっぱり分からない。でもいい気分だ。ワンピは描かないと言ったトキオが、楽しそうにナツメの絵を描いている。蝶々は嫌いだけど、まあ漫画だし許してやろう。

「他にもノートあるのか？」

「ある」

「見せろ。じゃなくて、見せてほしい」

「いいよ」

即答だった。てっきり断られると思ったので、本当にいいのかと問い返す。

「お前なら、いいよ」

偉そうにとムカつくより先に、選ばれた人間みたいな喜びが湧いた。

それから他のページを見せてもらうと、髪の長い女の人の絵がたくさんあった。同じ人だと分かるが、大人のような、少女のような、どっちつかずの不思議さが漂っている。共通しているのは、ここでも蝶々。髪や胸に必ず大小色とりどりの蝶々がとまっている。

「これ、誰？」

「母さん」

「へえ、美人だな。優しそうだし」

お世辞じゃない。ほんのりとした笑みを口元にたたえた優しげな印象だ。

「けど、なんでいつも蝶々も一緒なんだ」

「母さんが好きだったから。蝶々の髪留めやブローチ、たくさん持ってた」

ナツメは初日の出来事を思い出した。ナツメの髪に蝶々がとまっているのを見て、トキオは母親を思い出したのかもしれない。あのとき、トキオはナツメを綺麗だと言ったが、多分、綺麗だったのはトキオの頭の中にある母親の記憶なんだろう。そう考えると、ノートに描かれたナツメの絵もどことなく母親の絵に似ている気がした。

「トキオんち、なんでリコンしたんだ？」

「知らない」

「寂しくないか？」

「寂しいけど、仕方ない」

「……そっか。そうだよな、仕方ないよな」

畳に頬杖でトキオは漫画を描き、ナツメはそれを見ながら父親を思い出した。今年の誕生日はみんなで遊園地に行こうと約束した。でもそれはもう叶《かな》わない。寂しいけれど、隣に同じ我慢をしているやつがいてよかった。寂しさを半分こにできる。

市営住宅に引っ越してきて三ヶ月が経った。学校にもすっかり慣れたし、友達もたくさんできた。でも家に帰ればトキオと過ごす。すでに上下関係ができあがっている市営グループには入らず、いつも二人で行動した。ゲーム好きなナツメと漫画が好きなトキオ。インドア派なのは共通していて、いつも同じ部屋で別々のことをして過ごした。

たまにベランダに給食の残りのパンをまき、野鳥をおびき寄せた。山を削って造られた市営住宅の周りには、野生動物が多く来る。野鳥を捕まえようと言うと、トキオに止められた。

「なんで？　綺麗だし、俺、あいつら欲しい」

「捕まえたら綺麗じゃなくなるだろ」

「そんなことないよ。かごに入れてもっと近くで見たい」

「ナツメは馬鹿だな。狭いかごの中なんかに入れたら、あいつらはあいつらじゃなくなるんだぞ。そしたら全然綺麗じゃないだろう。俺、インコとか好きじゃない」

そうかなあと思ったが、トキオが言い切るので渋々納得した。それからは黄や瑠璃《るり》色の鳥がパンをつつくのを、ベランダの窓越しに二人でおやつを食べながら眺めた。

雨上がりには外へ出た。足元がびしょびしょの広場には市営グループは出てこない。水滴が光を跳ね返すがらんとした広場で、トキオはいつも蜘蛛《くも》の巣を探した。雨の雫《しずく》が巣にくっついてビーズみたいにキラキラ光る。蜘蛛の巣があんなに綺麗だなんてナツメは初めて知った。不幸にも囚われてしまった虫に、のそりと蜘蛛が近づいていくのをトキオは熱心に見つめた。

「残酷じゃないか?」

「残酷なところが、綺麗だろ」

トキオの言う『綺麗』はよく分からない。でも野鳥も雨上がりの蜘蛛の巣も、トキオと出会わなかったら、そこに存在することすら気がつかなかったと思う。そんな風にいつも一緒にいるうちに、二人は『トキオとナツメ』とセットで呼ばれるようになった。

最初はお互いの家をかわりばんこに行き来していたが、今では遊ぶのも夕飯を食べるのもほとんどナツメの家ばかりだ。母親がいないトキオの家はいつも散らかっていて、食卓の上は新聞や郵便物などに占領されていて、食事をする場所もないからだ。

「汚してもなにも言われないし、うちもあんなんがいいなあ」

日曜の朝、皿洗いを手伝いながらぼやくと、母親にこらっと頭をこづかれた。

「よそはよそ、うちはうち。でも片付いてるほうが気持ちいいでしょう?」

「そうだけど、少しくらい散らかってても死なないよ。だから母さんも少し休めよ」

「まあ、ナツメもそんな優しいことを言うようになったのね」

母親は嬉しそうに笑い、しかし休まずせっせと働き続ける。せっかくの日曜なのに、たまった洗濯や掃除で忙しいのだ。母親の休日は休日ではない。ガーガーうるさい掃除機をかけながら、母親がナツメに自分の部屋を片付けなさいと言う。

ナツメははーいと部屋に戻り、しかし掃除はせずに家庭科の教科書を引っ張り出した。学校で何度かやった調理実習を思い出してみる。あれはグループだったけど、簡単なものなら自分一人で作れそうな気がする。ナツメが料理を覚えたら、母親は少しは助かるだろうか。

ページを繰っていると、ダンッと壁越しに大きな音がした。

なんだろう。トキオの部屋だ。大きな荷物を壁にぶつけるような音。それは二、三度続いたあと静かになった。今日は日曜日でトキオの父も家にいる。多分、あの散らかった部屋を二人で掃除でもしているんだろうと、そのときは気にもとめなかった。

けれどその夜、夕飯を食べているときも同じ音がした。昼間は掃除機の音に紛れていたけれど、静かな部屋で聞くと結構な音だ。壁越しにかすかな振動すら感じる。

「トキオんち、まだ掃除してるのかな」

「掃除？」

「うん、昼間もドシンドシン言ってた。大きい荷物ぶつけてるみたいな——」

母親が怪訝《けげん》そうに隣の様子を窺《うかが》ったときだ。

「なんで言うことが聞けないんだ！」

いきなり怒鳴り声がして、ナツメはビクッと肩をすくめた。壁越しに聞くトキオの父親の声は、普段のそれとは全く違っていた。らりるれろが怪しくて、以前、酔っ払って帰ってきたときの父親を思い出す。そしてまたドシンと響く音。

「おじさん、こえー。トキオのやつ、なにか悪いことしたのかな」

「……そ、そうねえ。あ、ほら、ナツメ、よそ見しないでちゃんと食べなさい」

母親はそう言い、なぜかテレビの音を大きくした。

翌朝、ナツメはトキオの顔を見て愕然《がくぜん》とした。口元が青黒く腫《は》れている。よく見ると唇が切れていて痛々しい。まさかこれほどひどいとは思っていなかった。

「おじさんに殴られたのか？」

トキオは、まあなとそっけなく言った。

「なんか悪いことしたのか」

今度は答えは返ってこなかった。トキオはいつもと変わりない様子で階段を下りていく。だから余計におかしい。あんなにひどい怪我で痛みもあるだろうに。でも、それ以上は聞けない空気があった。聞いてはいけないような不安もあった。

「今日の体育、水泳だな。天気悪いけど、雨降ってもやるのかな」

気まずさを誤魔化すように、ナツメは明るい調子で空を見上げた。でもトキオがなんと答えたのかは覚えてない。台風が来る前のように、胸がざわざわ揺れていた。

その日、学校から帰ってきたナツメは初めて一人で台所に立った。

危ないから火を使ってはいけないと言われているが、何事もチャレンジだ。それにできあいの弁当にはもう飽きた。大好きな唐揚げも海老フライも、毎日だとうんざりする。調理実習を思い出し、ナツメは慎重に人生初の料理に取り組んだ。

「なんだ、これ」

食卓に並んだナツメ作の料理にトキオは眉根《まゆね》を寄せた。でろっとアメーバのように広がった卵焼きと、ごろんと積木みたいな大根入りの味噌汁を気味悪そうに見つめる。

「俺が作った。今夜の夕飯はこれだ」

「……味見したのか?」

「いいや、まずトキオに毒味させようと思って」

「なんだ、それ。ナツメが作ったんだからナツメが先に食えよ」

どっちも食べるのを嫌がり、結局ジャンケンで決めることになり、三回連続でトキオが負けた。仕方なくという顔で、恐る恐るトキオは黄色いアメーバを口に入れた。

「どうだ？」

問うと、形容しがたい表情でトキオが水のコップに手を伸ばす。

「……しょっぱいし、なんかぬるぬるする」

実は分量が分からなくて塩をたくさん入れたのだ。油もどぼりと。逆に味噌汁は味が薄く、大根は生煮えだった。ナツメも一口食べ、おえ～っと顔をしかめた。

「なんで急に料理なんかしようと思ったんだよ」

「ごめん。俺が家事できたら、少しは母さん助かるかと思って……」

ぼそぼそとした調子の言い訳に、トキオの仏頂面がふっとほどけた。

「俺、今から弁当買いに行ってくるよ。トキオはシャケ弁でいいか？」

「いい、これ食う。でも、次からもう少しマシに作ってくれよな」

「また食ってくれるのか？」

ナツメはビックリした。自分でも二度と食べたくないほどまずいのに。

「練習しないと上達しないだろ。漫画と一緒だ」

トキオは当然のごとく言い、生煮えの大根をガリガリ齧《かじ》った。途中、ウサギになったみたいと顔をしかめる。なんだか嬉しくなって、ナツメはテーブルに身を乗り出した。

「トキオ、まじでサンキュウな。練習台になってもらう代わりに、俺、いつかトキオの好物を全部作れるようになる。なんでも好きなもの言え。唐揚げ？　カレー？　スパゲッティ？」

「焼魚」

「えー、俺、魚嫌いなんだけど」

反射的に唇を尖らせ、すぐに自分の好みは関係ないことを思い出した。へへっと舌を出すと、トキオは口端を斜めに持ち上げた。不器用な笑い方にはもう親しみさえ覚える。

まずい夕飯のあとは二人で過ごした。トキオはいつものように漫画を描き、ナツメはその隣でゲームをする。トキオのシャツの袖からのぞく青あざには気づかないフリをした。

もう七月なのに、トキオはまだ長袖を着ている。

あの日以降、隣からの騒音は週に一、二度聞こえるようになった。大抵は夜遅く、トキオの父親の声は決まって酔いでグラグラしていた。

――そんな目で俺を見るな。

――あの女にそっくりだ。

怒鳴り声は、徐々にトキオから乖離《かいり》して、『あの女』の話になる。トキオの母親はよそのおじさんと浮気をして逃げたらしい。でも母親とトキオが似ているからって、トキオが怒られる理由が分からない。クエスチョンが渦巻く中、ドシンと床になにかが叩きつけられる。

不思議なことに、あんなに大きい音なのにナツメの母親は絶対に目を覚まさない。

布団の中でナツメは耳を塞いで丸まった。壁一枚隔てた場所で、トキオがどんな目にあっているのか考えるのが怖い。トキオの顔が腫れていたのは最初の日だけで、でもきっと服で隠れているところを殴られている。だからトキオは汗だくになっても長袖しか着られないのだ。

外で見るトキオの父親はいつも普通で、すれ違うとニコニコ挨拶をしてくれる。ナツメは怖いのでさっと目を伏せるが、母親は素知らぬ顔でやっぱり笑顔で挨拶を返す。

家の中で起きていることは、一歩外に出たらなかったことになってしまう。

当人であるトキオも、そのことについてなにも言わない。

事実を知っているのに、ナツメはどうしていいか分からない。

トキオの自由帳には、今日もナツメの絵が浮かび上がる。蝶々を髪にとめ、泣きたいのを我慢しているようなナツメの顔。それは、だんだんトキオの顔にも見えてくる。

「なあ、トキオ」

「ん?」

「お前、毎日、楽しい?」

それが精一杯だった。一瞬の間のあと、トキオは顔を上げた。

「楽しいよ」

トキオは無表情に答えた。最初のころはトキオの気持ちが読めずに戸惑ったナツメだが、つきあいが深まるにつれ、ちょっとした表情の動きで喜怒哀楽が分かるようになった。

けれど、今のトキオからはなんの感情も見えない。嬉しいも、悲しいも、なにもない。トキオの痛みは奥へ奥へと隠されて、誰からも触れられるのを拒否している。

そっかと呟き、ナツメはゲームに戻った。少しだけ落胆していた。もしもトキオが楽しくないと言ったら、ナツメは戦う気だった。なにと戦うかははっきりしないけれど。


失敗を繰り返しながら、ナツメは少しずつ料理の腕を上げていった。焼き具合などの調理テクニックはまだまだだが、味さえまともならトキオは文句も言わず食べてくれる。その日は全てのものに『おいしい』というお墨付きをもらい、ナツメはデビューを決めた。

「じゃあ、頑張れよ」

「うん。トキオもずっと毒味役サンキュウな」

狭い玄関で拳をコツンとぶつけあい、トキオは自分の家へ帰り、ナツメはさっそく母親の分の夕飯準備に取りかかった。母親の帰宅を首を長くして待ち、チャイムが鳴ったときは走って出迎えた。喜んでくれるだろうか、どんな言葉で褒めてくれるだろうか。ワクワクしながら反応を窺うナツメの前で、母親は食卓に並べられた料理を見て首をかしげた。

「どうしたの、これ」

いよいよだとナツメは胸を張った。

「それ、俺が作ったんだ」

味噌汁、卵焼き、おひたし、白いご飯。簡単なものばかりだが、どれもトキオがおいしいと太鼓判を押してくれた。母親はえーっと目を丸くした。信じられないわと早速卵焼きをつまみ食いし、まあおいしいと大袈裟《おおげさ》すぎるほどの笑顔を浮かべた。

「これ、トキオが練習台になってくれたんだ。最初は全然うまくできなくて、卵は黄色のアメーバみたいにぐちゃぐちゃで、大根もこんな大きさでさ」

指で作ったサイズに、母親はクスクス笑う。

「じゃあ、時生くんには感謝しなくちゃね」

「うん、いつかトキオの好物全部作れるようになるって約束した」

楽しい食事の最中、壁越しにまたドシンと音がして、ナツメはビクッと肩を震わせた。続くトキオの父親の怒鳴り声と、皿かなにかが割れる音。今夜は特にひどい。

止めて止めてとトキオの声が聞こえ、ナツメの鼓動が大きく跳ねた。

今まで、どんな派手な物音がしてもトキオの声を聞いたことはなかった。

どうしたんだろう。怪我でもしたんだろうか。どうしよう。どうしよう。不安で鼓動がどんどん速まる。縋《すが》るような目を向けると、母親はさっと目を伏せた。

「ナツメ、このおひたし、すごくよくできてるわ」

母親はほうれん草を口に入れ、うんうんと何度もうなずく。隣からの怒鳴り声など聞こえないみたいに、ニコニコと大袈裟に笑う。なぜ？　どうして無視するの？

「お母さん、今、トキオの声がした」

ちゃんと言葉にした。しかし母親はなにも答えない。ナツメは唇を噛んだ。

壁越しに聞こえるおじさんの怒鳴り声はすごく怖い。でも一番怖いのはこの空気だ。みんな知ってるのに、なにも言わない。壁一枚向こうで起きていることに気づかないフリをする。

でも今、確実に怖いことが起きている。

事実の密度は濃くて、息が詰まりそうに苦しい。

多分、隔絶された壁の向こうにいるトキオは、もっと苦しい思いをしている。

楽しいかと聞いたとき、楽しいと答えたトキオを思い出した。

ウソだ。こんなのちっとも楽しくない。楽しいはずがない。

ナツメは立ち上がった。

「ナツメ、どこ行くの。待ちなさい！」

呼び止める母親を無視して家を飛び出した。隣の家のインターホンを連続で押す。誰も出てこない。ナツメは鉄製のドアをドンドンと叩いた。

「おじさん、いるんだろう、開けてよ！　トキオ！　トキオ！」

大声で呼ぶ途中、反対隣の部屋の扉が開いた。わずかな隙間《すきま》から、その家のおばさんとおじさんが不安そうにこちらを窺い見ている。やっぱりみんな気づいてたんじゃないか。言葉にできない腹立ちが込み上げて、ナツメは涙をこらえてドアを叩き続けた。

しばらくすると内側からカチャリと鍵の開く音がして、トキオの父親が顔を出した。

「ナツメくん、どうしたんだい。こんな遅くに」

トキオの父親は小さく笑った。気弱そうな笑い方はいつも通りのおじさんで、今しがた怒鳴り声を上げていた人だとは思えない。それが余計に不気味に感じた。

「お、おじさん、トキオ、トキオを——」

殴らないで。怒らないで。そう言いたいのに、喉につかえてうまく言葉が出ない。どうしよう。焦るナツメの肩に、背後からそっと手が置かれた。振り向くと母親がいた。

「夜分遅くにすみません。ナツメが時生くんに借りたい本があるそうで」

「本?」

ええとうなずきながら、母親はナツメの肩を押した。お母さんがついてるから行きなさいと言われている気がした。ナツメはトキオの父親の脇をすり抜けて部屋へ入った。

あっとトキオの父親の声が聞こえたが無視だ。家の中には酒の匂いが充満していて、散らかり放題の居間の隅っこにトキオがぺたんと座り込んでいた。

「トキオ!」

駆け寄ると、トキオはのろのろと顔を上げた。唇が切れていて、そばには自由帳が何枚か破られて散らばっていた。さっきの止めてという声はこのことだったんだろう。

「トキオ、俺んち行こう」

ナツメはトキオの手を引いて立ち上がらせた。手の甲にも青いあざが浮いている。ボロボロの自由帳を拾い、破られたページは自由帳に挟み、トキオと一緒に玄関へ向かう。

「おじさん、今日、俺、トキオと寝るから」

下からにらみつけると、トキオの父親は引きつった笑みを浮かべた。

「すみません、この子ったら本当にワガママで」

母親が申し訳なさそうに頭を下げ、けれどトキオの父親の返事を待つことなく、じゃあ一晩お預かりしますからと、子ども二人を守るように肩を抱いて家に連れ帰った。

玄関ドアを閉めた瞬間、母親は大きく息をつき、へなへなと玄関に膝《ひざ》をついた。けれどすぐに我に返り、急いで台所から救急箱を取ってきた。

「ひどく打ったのね。腫れるようだったら、明日おばさんと病院に行こうね」

母親はトキオの手の甲に浮いた青あざにシップを貼った。

「時生くん、今まで放っておいてごめんなさいね。お父さんのこと、これからはおばさんもちゃんと考えるから。おばさんだけじゃなくて、ここに住んでる大人みんなで考えるようにお願いするから。だから時生くんはなにも心配しなくていいからね」

トキオは黙ってうなずいた。途中で腹をキューッと鳴らしたので、ナツメは台所に行って急いでおにぎりを握った。まだ三角には握れず、ボールみたいなまん丸だがいいだろう。四つ握って、ぺたりと海苔《のり》を貼ってできあがり。

「トキオ、俺の部屋、行こう」

盆を手に声をかけると、トキオは無言で立ち上がった。

自室に戻って、お盆を前に置いて二人で並んで畳に座った。トキオはおにぎりに手をつけようとしない。俯いた横顔はぼんやり暗くて、ナツメはおにぎりをつかみ、なにも言わずにトキオの左手に握らせた。湿布を貼られた右手が痛々しい。

「形、変だけど」

そう言うと、トキオはボールみたいなおにぎりを見た。じっと見てから、ゆっくり口に持っていく。一口食べると弾みがついたのか、どんどん食べ出した。見ていると、なぜか涙が込み上げてきた。慌てて目をこすると、トキオがこちらを見た。

「なんで、ナツメが泣くんだ」

不思議そうに問われ、知らないと答えた。気づいていたのに、今まで知らないフリをしてごめん。そう謝りたいのに言葉にならない。ただ涙がこぼれて、ヒックと息が裏返った。痛い思いをしているのはトキオなのに、どうして自分が泣くんだ。みっともない。

「ナツメは、気が強いくせによく泣くのな」

涙でぼやけた視界の向こうで、トキオがわずかに口端を持ち上げる。表情に乏しい普段と違い、柔らかなカーブを描く唇。逆に慰められているようで恥ずかしい。ナツメは泣き顔を誤魔化すようにおにぎりに手を出した。一口食べて、あれっと首をかしげる。味がない。ついでに中身も入ってない。しまった。急いでいて味付けも具も忘れたのだ。

「ごめん、トキオ。塩持ってくるから待ってろ。あ、ふりかけのほうがいいかな」

立とうとすると、いいと腕をつかまれた。

「けど、まずいだろ。そんなのただのゴハンじゃん」

「俺はこれがいい」

ぐっと強く引っ張られ、ナツメは仕方なく腰を下ろした。トキオは味もないおにぎりを黙々と食べ続ける。そうして最後の一口を呑み込んだあと、ケフッと空気を吐き出した。横顔はささやかな安心感に満ちていて、ナツメはホッと胸をなで下ろした。

それから二人で破かれた自由帳を直した。ぐしゃりと皺《しわ》の寄ったページは手で伸ばし、破れた箇所をテープでつなぎ合わせる。髪に蝶々をとめたナツメの欠片《かけら》を、湿布をされたトキオの手が丁寧に貼り合わせていく。大事そうな手つきにまた悲しくなった。

「……俺、トキオのおじさん、嫌いだ」

ついこぼれた言葉に、トキオが顔を上げた。戸惑っているようにまばたきを繰り返す。しまったと思ったがもう遅い。トキオは破れた紙片を指でつまみ、ポツンと呟いた。

「前は優しかったから……」

余計なことを言ったことを、ナツメは死ぬほど後悔した。ごめんと謝ると、トキオはいいよと答えた。声も表情も淡々としている分、トキオが気持ちをこらえていることが分かる。言葉はちゃんと考えてから口にしなくてはいけないのだと思い知った。

少々ボロっちくなったものの、ちゃんと補修された自由帳を机に置いて、二人で布団を敷いた。ナツメの家には客用布団などないので、今夜は一つの布団に二人で一緒に寝る。旅行みたいだなーとはしゃぎながらパジャマに着替えていたときだ。

「北斗七星」

ふいにトキオが言った。なにがと問い返すと、肩を指さされた。ナツメの左肩口には七つ連なったホクロがある。意味が分からず首をかしげると、トキオは机からマジックを取って来て、七つのホクロを線でつないだ。すると本当に北斗七星の形になった。

「すげー、今までちっとも気づかなかった」

「俺は前から知ってた」

「なんで教えてくれなかったんだよ」

それには答えず、トキオは口端を少し持ち上げただけだった。なんだか不思議な気持ちになる。トキオの目はいつもどこを見ているんだろう。たとえ同じものを見ていても、見え方が違っているような気がする。考えていると、トキオがナツメの肩に顔を近づけてきた。

「ん?」

サインペンでつながれた星座の上にトキオがキスをして、すぐに離れていった。ポカンとしているナツメを置き去りに、トキオはもう寝ようとさっさと布団の中に入ってしまう。

「なあ、今のなに?　なにしたんだ?」

肩を揺すると、トキオは面倒そうになんでもないと言い、寝返りを打ってナツメに背中を向けた。なんだよと文句を言い、ナツメもパジャマを着て電気を消した。

「おやすみ、トキオ」

声をかけると、暗闇の中でトキオがこちらを向いた。

狭い布団の中で手が触れる。どける間もなく、キュッと握られた。

「暑い」

「嫌？」

全然嫌じゃないので、ナツメからもギュッと握り返した。

クスクスと二人で笑い合う。夏で、クーラーのない部屋でくっついて、おでこも首の後ろも汗だくで、でもしっかり手をつないで眠りに落ちた。

意識が完全に落ちる寸前、おでこになにかが触れた。

さっき肩に触れたトキオの唇に似ている。

なんだろう。気になるけど、眠くて瞼《まぶた》を開けられない。

その夜は、ひしゃく型の星座にトキオと並んで腰かけている夢を見た。ブランコみたいにゆらゆらひしゃくを揺らし、なにがおかしいのか二人で顔を寄せて笑い合った。

3

その日の放課後は、秋元の誘いで茶高の女の子たちと待ち合わせて遊んだ。カラオケに行き、適当に自己紹介しつつ歌ったり喋《しゃべ》ったり、メンバーが替わっただけでいつもと変わらない遊びをダラダラ繰り返す。大して楽しくもないが、たまにいい出会いがあったりするから、みんなせっせと出会いの輪を広げるのだ。

ナツメもそうだ。好きになれる子がいたらつきあいたいと思う。

ナツメがちゃんとつきあったのは、中三の卒業間際、向こうから告白されてつきあった子だけだ。特別美人じゃないけれど、さっぱりした性格がよかった。別々の高校に進学が決まっていたせいで逆に気持ちが盛り上がり、その勢いで初体験もすませたが、思っていたような感動はなく、なんとなく気持ちが冷めてしまい自然消滅した。落ち着いて考えると、卒業とかもうすぐ離れ離れという状況にお互い酔っていたんだと思う。

だから、次は相手のことをちゃんと知ってからつきあいたい。ことさらピュアさを求めているわけではないけれど、あとで後悔するようなつきあいはやっぱり嫌だ。

今日は好きになれそうな子はいなかった。みんな平均以上にかわいいけど、個人的にぐっと来るものがない。携帯を見ると五時半を回っている。ちょうど女の子が歌い終わったのを見計らって、そろそろ行くわとナツメは席を立った。

「えーっ、もう帰るの？　なんか用事？」

「ナツメくん、もうちょっといいじゃない」

「ごめんごめん、また今度誘って」

ぶうぶう言う女の子たちに、ナツメは軽く手を振った。カラオケ店を出ると、七月のむっとする熱気に汗が噴き出した。夕方になっても全く気温が下がらない。

駅までぶらぶら歩きながら、今夜のメニューを考える。暑いからなにかさっぱりしたものがいい。スーパーに寄ろうとし、冷蔵庫に野菜が結構残っているのでそっちを先に片付けなきゃなと考え直した。最近、自分がおばちゃん化してきているのがひそかな悩みだ。

その夜のメニューは、残り野菜と豚肉を煮込んだラタトゥイユもどき、さわらの塩焼き、卵とトマトのすまし汁というおかしなメニューになった。立ち慣れた台所で手早くパッパッと作ってしまう。ナツメは自分の部屋に行き、壁に向かって声を張り上げた。

「トキオー、メシー」

壁の向こうから、分かったと返事が来る。しかしすぐには来ないことを知っている。漫画を描いているときは、声をかけてもすぐにはペンを置けないのだ。冷めるだろうと文句を言うたび、キリというものがあるのだと言い返されること七年、さすがにもう慣れた。

案の定、トキオがやって来たのは十五分もしてからだった。

褪《あ》せてくすんだ赤いTシャツにはき古した綿パン。全体的にくたびれた感じが、いつもかったるそうなトキオに似合っている。他のやつだったら単にだせーで終わるところ、奇妙な雰囲気がある。テーブルの前に立て膝で座り、トキオはラタトゥイユもどきをちらっと見た。

「新作?」

「フレンチだ。ありがたく食え」

「野菜のごった煮にしか見えないぞ」

当たりだ。オリーブ油じゃなくてサラダ油でやったし、豚バラが入ってるし、最後に味を引き締めようと醬油《しょうゆ》も入れた。まあつまりもうフレンチでもなんでもない。

「仕方ないだろ。野菜が大量に余ったんだし」

「文句は言ってない。ナツメの作るものなら俺はなんでもいい。和風で、魚で、あっさりしてて、さっぱりしてて、ギトギトしてなかったら本当になんでも」

「めちゃくちゃ注文つけてるじゃねえか」

ナツメは唇を尖らせた。こんな実のない会話をもう何年繰り返しているだろう。

いつもべったりだった子ども時代と違って、成長するにつれて派手なグループ寄りになったナツメと、団体行動が嫌いなトキオは学校ではつきあわなくなった。互いの友人も二人が幼なじみだとは知らないはずだ。でも家に帰れば昔と変わらず二人で過ごす。お互いの素を知っている気安さからか、他の誰といるよりも、トキオといると寛《くつろ》げる。友人という枠はとっくに飛び越して、ほとんど家族のようなものだ。

一時期トキオの家で起きていたDV問題は、隣近所が気をつけて声をかけあうことで少しずつ改善されていった。あのころがトキオの父親が一番荒れていた時期で、あの夜以降もたまに騒ぎは起きたが、それもトキオが中二になって以降、ピタリと止んだ。

中二の秋、トキオが父親を殴り返したのだ。

トキオの父親は床に尻もちをつき、呆然《ぼうぜん》とトキオを見上げたらしい。息子はもう自分よりも背が高く、殴られるだけの子どもではないことにやっと気がついたのだ。

——慌てて愛想笑いする親父見て、なんか俺のほうがへこんだかも……。

トキオが珍しく落ち込んでいたことを覚えている。しかし自分ならあんな親父は許せない。夏でも青あざを隠すために長袖を着ていたトキオを思い出すと、今でも腸《はらわた》が煮えくり返る。一発殴り返しただけで腹を治めたトキオを、ナツメは内心で偉いやつだと思っている。

食事の途中、横に置いていた携帯が震えた。さっき知り合った茶高の女の子だった。〈今日は楽しかった。また遊ぼうね。トモミ〉。ナツメは首をひねった。

「どうした?」

トキオがラタトゥイユもどきを飯にかけながら聞いてきた。それはなにか間違っているぞと言いたかったが、トキオの好みを尊重することにした。

「茶高の子からメール。さっきみんなでカラオケしたんだけど、誰か分からない」

「三歩歩いたら忘れるような女とメアド交換したのか?」

「つきあいだよ。教えてって言われて嫌だって言えないだろ」

話しながら、適当に〈オッケー、いつでも誘って〉と打ち返した。

「顔も分からない女とまた遊ぶのか」

「遊ばない。でも俺のツレと同中の女の子の友達だから、冷たくするとツレの顔つぶすことになるだろう。それはまずいし、まあ、そこらへん適当に」

「そういうの、全然楽しくないな」

「だから、楽しいとか楽しくないの話じゃなくて、人づきあいの話なんだって」

「ますますつまらない」

バッサリ切って、トキオはおかわりをよそいに行った。全く、十七歳にもなってトキオの協調性のなさというか、マイペース加減には呆《あき》れるを通り越して感心させられる。

六・三・三の十一年目。少しずつ世界が広がっていく中で、自分の考えだけでは行動できないことも増えてくる。世界は広がっているのになんだか窮屈で、でもそこから飛び出す勇気はない。団体行動をして安心する反面、特別でもない平凡な自分にジレンマも感じ、たまに焦ったりもする――という十代の無駄な熱量をトキオからは感じられない。

だからといって、トキオが日々をさらさらと流れる水の如《ごと》く生きているかというと、そうじゃない。トキオは毎日悩んでいる。対人間ではなく、主に真っ白な原稿用紙に向かって。

「そういえば今年のはじめに投稿したやつ、どうなった。そろそろ発表だろう」

皿を洗っているトキオに、ナツメは居間から声をかけた。作るのはナツメ、後片付けはトキオ。二人で過ごすうち、自然にできあがったルールだ。

「ああ、あれな、審査員特別賞に入った」

あまりに普通の調子だったので「へー」と流しかけ、途中でえっと目を見開いた。立ち上がるのももどかしく、ナツメは畳を這《は》うようにせかせかとキッチンに行った。

「な、なに審査員特別賞って。え、それ、すげえんじゃねえの？」

大仰《おおぎょう》な名前の賞に、壇上でスポットライトを浴びてスピーチをしているトキオが思い浮かんだ。アカデミー賞みたいに手にはピカピカの楯《たて》を抱えている。

「賞金出るんだろ。百万とか？　いつデビューすんの？」

「バカ、百万も出るわけないだろ。デビューも決まってない」

「……なんだ、そうなのか」

ナツメは落胆した。その横に皿を洗い終えたトキオが腰を下ろす。

「賞金は六十万、デビューとは別に入賞作が秋の雑誌に載る」

「なっ、なんだよ、やっぱすげえんじゃん！」

興奮して勢い込むと、トキオが斜めに口端を持ち上げる。

トキオが応募したのは『パノラマ』という月刊の漫画雑誌で、漫画を読み込んでいる層には名の知れた、しかし一般人にはあまりなじみのないマニアックな雑誌だ。

以前にパラ読みしたが、漫画雑誌というとジャンプしか読まないナツメには、『パノラマ』はかなり取っつきにくかった。戦闘シーンがあるような漫画はなく、恋愛を扱っていても少女漫画とは違うリアルさで、絵もクセの強いものが多かった。分かりやすい派手さはなく、地味だけど、ハマるやつはとことんハマりそうな雰囲気がある。

ナツメには面白さが分からなかったが、トキオの漫画と共通するものは感じた。

トキオの漫画は、派手さはないが少し変わった角度から人を描いたものが多い。絵にも甘さはなく、線の一本一本が張り詰めている。ガラスみたいな線で描かれた人物や風景は、少しでもバランスを崩したら、紙の上でパリンと割れてしまいそうな危うさがある。

「なあなあ、特別賞もらった話ってどんなの？」

ワクワクしながら問いかけたのだが、

「雨乞いの話」

と聞いて答えに詰まった。時代劇だろうか。それとも魔法系ファンタジー？

「ナツメ、知ってるか。雨乞いって勝率百パーセントなんだぞ」

「へ？　自然現象でそれはありえないだろ。勝率百って神さまじゃん」

「雨が降るまで延々やるんだ。一週間でも一ヶ月でも。だから勝率百」

ナツメは首をかしげた。

「それって、逆にやってもやらなくても一緒ってことじゃねえ？」

「一緒だけど、やらずにはいられない気持ちってあるだろう。昔の農民にとって米は命綱だったし、日照りのときに隣村の田んぼから水を盗んで殺された話なんかごまんとある」

「賞獲ったの、そういう話なのか？」

「ああ。日照りで困ってる村を訪ねて回って、そこで天に向かってひたすら延々ストーカーみたいにしつこく執念深く雨を乞う。それを仕事にして一生旅する男の話」

トキオはなにもない宙をじっとにらむように話す。なんとなく、すごい思い入れがその話にあるように感じた。けれどナツメにはなにが面白いのかさっぱり分からない。

トキオの漫画は、いつもナツメには理解不能だ。

自分の読解力が不足しているのか、トキオが下手なのか。でも審査員特別賞をもらうくらいだから、トキオには才能があるんだろう。理解できないお前の頭が悪いのだと証明されたようで情けないが、トキオの漫画が認められたことは純粋に嬉しい。

トキオのものの見方には、昔からハッとさせられることが多かった。ナツメが気づかず通り過ぎてしまう部分にトキオは目をとめ、こんなんあるぞと教えてくれる。もしくは教えてくれずに一人だけの秘密にする。トキオはトキオだけの世界を持っていて、それを活かせる場所に向かってコツコツ努力している。素直にすごいなと思い、同時に自分を振り返ってしまう。

現在、ナツメは不幸じゃない。でも幸せだなあとしみじみ思うこともない。日常生活を円滑にするためにつきあいを大事にして、そういうのも楽しいけれど、たまに、もっと楽しいことないかなあと思っている。トキオは違う。一日二十四時間じゃ足りない、もっと漫画を描く時間が欲しいといつも言っている。トキオからしたら自分なんてアホに見えるのかもしれない。

「なんだよ」

トキオが問いかけてくる。無意識に見つめていたらしい。

「いや、俺って平凡だなあと思って」

ナツメは溜息《ためいき》まじりに天井を見上げた。同じ年で隣同士で育ったのに、自分は将来のことなんて考えたこともない。自分はなにがしたいんだろう、なにが好きなんだろう。

勉強は好きじゃないから進学はしたくない。人づきあいはいいほうだから、営業や接客業に向いてるんだろうか。いいんだけど、夢がなくてワクワクしない。かといってトキオみたいな特殊技能はない。そもそも社会人になっている自分にピンとこない。真夏の陽炎《かげろう》の向こうに見える風景みたいに『将来』はユラユラしていて、はっきりと像を結ばない。

「トキオは才能あっていいよなあ」

溜息をついて、ハッとした。今の言葉はだめだろう。才能がある一方、トキオはちゃんと努力もしている。毎日毎日机に向かって、右手の中指にはでかいペンダコを飼っている。昔は痛むたびテープを巻いていたが、今ではもう感覚もないらしい。

「ウソ、今のなし。トキオ、俺と違ってすげえ頑張ってるし。将来は売れっ子漫画家になるかもな。アニメとかにもなっちゃってさ、俺、みんなに自慢するから」

トキオは小さく口端を持ち上げ、「ナツメは？」と言った。

「俺？」

「俺はプロの漫画家になる。ナツメはなにになる？」

「……まだ決まってない」

ナツメは俯いて口をすぼめた。今まさにそれを考えて落ち込んでいたところだ。

「じゃあ、俺のアシスタントになるか？」

「無理ありすぎるだろ。俺、絵なんて描けないぞ。猫と犬が一緒の顔になる」

「そっちじゃなくて、メシスタントで」

「なにそれ？」

「名前通り、食事係。忙しいときでもちゃんと栄養のある飯を俺やアシスタントみんなの分まで作ったり、コーヒーも淹《い》れてほしいし、絵以外の雑用もしてくれると助かる」

「それ、嫁じゃねえ？」

問うと、トキオは真顔になった。

「俺は嫁さんはいらないから、お前でいい」

ナツメはムッとした。

「なんだよ、『でいい』って。賞獲った途端もう上から目線か。やっぱさっき言ったことウソ。取り消し。トキオの本なんか出ても絶対買わねえ。俺を雇いたかったら給料百万払え」

「百万は無理だな。社員扱いで手取り十八万からスタートだ」

「リアルな数字を出すな」

肩をぶつけると、トキオは口端を持ち上げた。

「どうせ俺なんて飯作るくらいしか取り柄ないよ。それも家メシだし」

「拗《す》ねるなよ。ナツメの飯は本当にうまい。どこで食うより俺好みだ」

「そうか？」

パッと顔がほころんでしまい、しまったと慌てて仏頂面に戻した。根が単純だから褒められるとつい嬉しがってしまう。トキオは笑いながら立ち上がった。

「もう帰んの？」

「ああ。担当さんに言われてるネームの締め切りまで間がないから」

じゃあなと言い置き、トキオは自分の家へ帰っていった。また今夜も遅くまで描くんだろう。漫画家も大変だよなあと考えていると、壁越しにかすかな気配を感じた。

今、トキオが部屋に入ってきた。今、コンポのスイッチを入れた。うっすら流れ出す音楽。椅子を引く音。多分、今、シャーペンを握った。今、紙に向かった。すーっと最初の線を引いた。スピードを増して重なっていく、シャッシャッと鉛が紙をこする音。

聞こえるはずのない架空の音の群れ。

壁一枚隔てた向こうにトキオの世界を感じる。

耳を澄まし、ナツメは目を閉じた。トキオの気配を感じていると、不思議と心が落ち着く。

壁にもたれた三角座りの姿勢で、しばらくそうやって目を閉じていた。

——ナツメの飯は本当にうまい。どこで食うより俺好みだ。

ナツメは小さく笑った。立ち上がり、腕まくりをして台所に向かう。トキオの好きなひじきおにぎりを夜食に作ってやるために。


放課後、いつものグループでファストフード店にたまっていると、先日遊んだ茶高の女の子たちがやって来た。秋元が呼んだらしく、こっちこっちと手を振りながら席を立つ。

「俺、トモミンの隣にすーわろっと」

秋元が狙《ねら》っている子らしい。ついでに先日ナツメの携帯にメールをくれた『トモミ』が誰か分かった。さらりとした薄茶の髪が肩にかかるほっそりとした子だ。

「なあなあトモミン、こないだトモミンがオススメしてくれたCD聴いた。すっげカッコいいじゃん。けどトモミンがロック聴くの意外だったけど」

女の子は四人いるのに、秋元はトモミにだけ話しかける。よっぽど気に入っているのだろうが、トモミのほうは他の女の子の目を気にして引き気味だ。押しすぎは逆効果だし、『トモミン』という呼び方もどうよと、ナツメは他人事《ひとごと》ながらトモミに同情した。

「ねえ、ナツメくん、こないだ送ったメールだけど」

ふとトモミに声をかけられ、えっと顔を上げた。

「また遊ぼうって言ってたでしょ。よかったら夏フェス一緒に行かない？」

「なに、トモミン、ナツメとメールしてんの？」

秋元が慌てて口を挟んでくる。

「うん、こないだメアド交換したし。ちょっと話したときに、好きなバンドがかぶってたから嬉しかったんだ。でもメールしたのは一回だけだけど」

「ふーん、そうなんだ」

秋元は辛うじて笑顔を作った。しかしムッとしているのが透けている。

「ナツメくん、音楽とか他になに聴く？」

トモミは隣の秋元に構わず、ナツメに質問を投げてくる。ナツメを気に入っているというより秋元を避けているようだ。しかしこれでは秋元の立場がない。秋元の表情はどんどん白けていき、周りの連中も気まずそうにチラチラとこちらを窺っている。

「フェスだったら色んなバンド出るし、みんなで行くほうが楽しいよ。な、秋元」

言外に秋元も一緒にと匂わせたのだが、ナツメのパスをトモミは見事にスルーした。

「でも秋元くんはロック聴かない人だし、フェスなんて興味ないんじゃない？」

「いやいや、ああいうのは空気を楽しむもんだから」

「そうかもね。でも私は好きなバンドならガンガン前で聴く派」

「じゃあそのときだけ前に行って、あとはみんなでまったり――」

ナツメとしては二人きりは避けたいだけなのだが、周りからは単に会話が弾んでいるようにしか見えない。秋元はどんどん不機嫌さを増していく。これはまずい。なんとかしないとと焦っていると、ガンと大きな音がしてテーブルが下から揺れた。みんながビクッと音の発生源を見る。秋元は無表情にみんなを見回し、すぐにニカッと両手を合わせた。

「わりーわりー、足組み替えたら当たっちまった。ほら、俺、足長いから」

驚かせてごめんねーと、秋元はトモミの肩に手を置いて笑顔で謝った。トモミはムッとして答えない。やばい。とりあえず自分は消えたほうがいいとナツメは席を立った。

「じゃ、俺そろそろ行くわ。ちょっと用事あるから」

「おう、んじゃ、また明日な」

みんながホッとして手を振る中、秋元だけが携帯をいじってノーリアクションだった。普段はノリのいいやつなのに、少しでも気に入らないことがあると平気で空気を悪くする。

呆れつつ、参ったなと呟いた。秋元は中学のころは結構なやんちゃで、高校に上がってから派手なことはしなくなったが、怒らせると厄介なタイプなのだ。

「八方美人してるからだ。少し反省しろ」

　その日の夕飯中、ぼやくナツメにトキオはそっけなかった。今夜は冷しゃぶの梅肉ソースに茄子《なす》とみょうがの吸い物、ほうれん草を混ぜ込んだ卵焼き。全てトキオの好物だ。

「誰が八方美人だ、俺はつきあいがいいだけで――」

　言い返す途中、携帯が震えた。見るとトモミからのメールで、秋元がしつこいのだがどうしたらいいだろうという内容だった。しかしそんなことを相談されても困る。トモミはナツメの彼女でもなく、好きな子でもない。男として助けてやりたい気持ちはあるが、友人と揉《も》めてまでと思うと気が重い。うーんと唸《うな》っているとトキオと目が合った。

「反省の種からか？」

　図星を指され、バツが悪くなる。ナツメはふんと鼻を鳴らした。

「あーあ、トキオはいいよな」

「なにが」

「俺らくらいの男の悩みごとって、たいがい恋愛にくっついてるじゃん。でもトキオは漫画一色だし、少なくともこういうイロコイ系の面倒はパスできるだろ」

　中学のころ、好きな女の子はいないのかとトキオに尋ねたことがある。そのときは興味ないからとあっさり言われた。その前からずっとトキオの毎日は漫画漬けで、ナツメもだろうなあと妙に納得し、こいつは一生童貞かもとこっそり考えた。その認識は今も変わらない。

「トキオはいいなあ。つかずるいよなあ、いや可哀想だ。一回こういう面倒な目にあってみろよ。絶対漫画に深みが出るぞ。雨乞いの話よりコイバナのほうが絶対需要高いって」

拗ねた子どものように、ナツメは箸《はし》を手に畳にごろんと転がった。芋虫のように丸まって
「あーもう、めんどくせえ」とぼやいていると、トキオがぼそっと呟いた。

「好きなやつくらい、いる」

「だろ、大体トキオは――……えっ！」

ナツメはがばっと身体を起こした。

「な、なんだよ、そんなの早く言えよ。うちのガッコ？　俺の知ってる子？」

しかしトキオはそれきり口を閉ざし、黙々と食事を続ける。微妙に言ったことを後悔しているような表情で、逆に本気度が伝わってくる。伊達《だて》に長く一緒にいない。

「なあ、どんな子？　名前は言わなくていいからさ」

問うと、トキオが茶碗から視線を上げた。じっとナツメを見る。

「かなり美人だ。流されやすくてたまに話してて苛々するけど、根がすごく優しい」

ちゃんと相手と親交があるようで、見ているだけの片思いではなさそうだ。誰だろう。トキオの周辺をざっと洗い出してみる。しかし思い当たる女はいない。それ以前にトキオは基本単独行動が多く、つるんでいる男友達すらいないのだ。

「その子と、つきあいたいとか思うのか？」

「当然だろう」

あっさり返され、そりゃそうだよなと納得する反面、トキオは恋や愛とは無縁だと思っていたのでおかしな感じだった。兄弟の恋愛事情をのぞいたようでなにか落ち着かない。

「……告白、とかしねえの？」

「しない。今の関係が壊れるのは嫌だし」

かなりの真剣さが伝わってきて、ナツメはそれ以上突っ込むのは止めた。

一人になってから、ナツメは自室のベッドに寝転んでぼんやりと天井を見上げた。いつものように、壁一枚向こうでトキオの気配がする。今まで、これがトキオの世界の全てだと思っていた。でもそうじゃなかった。置いていかれたようで妙に寂しくなる。

トモミに当たり障りのないアドバイスのメールを打ちながら、トキオが好きだという女の子を想像した。大人っぽい物静かな美人が思い浮かぶ。いや、意外とギャル系かもしれない。人は自分にないものを求めるという。いっそ人妻とか――。

でもどんな女も、トキオの隣には似合わない気がした。

ナツメにとってトキオは独立した存在で、誰ともセットにできない。

その夜、ひしゃく型の星座にトキオと並んで腰かけている夢を見た。ずっと昔、同じ夢を見たような気がする。あれはいつだっけ。朝になって考えたが思い出せなかった。

金曜日の放課後、いつもなら仲間とどこかに寄るのだが、先日の二の舞になるのを用心して別行動にした。秋元は熱しやすく冷めやすい。なびかない女などすぐに忘れて、次の子に移るだろう。だから気楽に考えなよとトモミには返事をしていたし、なによりナツメ自身がそうであってくれと願っている。恋愛沙汰《ざた》で友人と揉めるのは本当に嫌なものだ。

――憂さ晴らしに、今日は新作にでも挑戦してみっかな。

ナツメは本屋に立ち寄り、学校の友人と一緒のときは絶対に行かない料理本コーナーに向かった。適当に一冊選び、立ち読みでレシピを覚えていると後ろから肩を叩かれた。

「ナツメくん」

トモミだった。真剣な顔でなに見てるのと、ナツメの手元をのぞき込んでくる。

「へえ、料理本。ナツメくん、料理するんだ？」

「え、いや、別に、ちょっと見てただけで」

料理が趣味だなんて恥ずかしいので学校の友人には言ってない。しかしトモミは見透かしたようにクスッと笑った。

「ちょっとで男が料理本立ち読みしないよ。大丈夫。あたしのお兄ちゃんも料理好きで、今はフレンチのコックやってるの。男の子が料理してもおかしいとか思わないよ」

「へえ、コック……」

言われてみれば、プロの料理人は男が多い。今まで好きでやっているだけで、仕事で料理を作るという発想がなかった。新しい発見に目から鱗《うろこ》が落ちたようだった。

「お兄さん、昔から料理好きだったの？」

「うん、うち共働きだったから、夕飯はたいがいお兄ちゃんが作ってくれた」

「あ、うちも似たようなもん。母子家庭で必要に迫られて仕方なくが最初のきっかけ」

「やっぱりそうかあ」

料理本を真ん中に二人で盛り上がっていると、肩になにかが乗った。

「すんげー楽しそうですねー」

ぎょっとした。自分の顔のすぐ横に秋元の顔がある。

「あ、あれ、どしたの秋元。みんなでカラオケ行ったんじゃねえの？」

「そのつもりだったけど、トモミン誘ったら用事あるって言われて、なんかテンション上がらねえし、適当にみんなでブラブラしてたんだけど――」

秋元が顎《あご》でぐりぐりと肩を押してくる。ちょっと痛くて悪意を感じる。

「トモミンの用事って、ナツメとデートだったんだ？」

「そんなんじゃねえよ、たまたま会っただけで」

「ふーん。けど二人で仲良く料理本なんて見て、お前ら新婚さんかってな」

秋元はへらへら笑いながら顎をのけた。

「秋元くん、ナツメくんと会ったのは本当に偶然だから……」

「ああ、うん、いいよ、言い訳しなくて。俺は全然オッケーだし。邪魔してごめんな」

ほら行こうぜと、秋元は仲間を促して本屋を出て行く。明るい調子の秋元とは逆に、仲間の何人かがこちらを気遣うように振り向いた。トモミが隣で溜息をついた。

「……秋元くんって、なんか爬虫類っぽくない？　昔もそれが嫌だったんだよね」

「昔？」

話を聞くと、実はトモミと秋元は中学のときからの顔見知りだったらしい。昔も友人を介して何人かで遊んだとき、秋元はトモミをしつこくデートに誘った。そのときも空気を読まない強引さにいい印象がなかったのだと、トモミは思い出して眉をひそめた。

「不安だなあ……。秋元くん、中学のころは結構悪かったって聞いてるし」

「大丈夫だよ。本人も笑ってたし、そんな気にしてないって」

安心させてやろうと背中を軽く叩くと、トモミはやっと小さく笑ってくれた。

とはいえ、心の中ではナツメもトモミに同意していた。中学のころ、秋元が気に入らない相手を集団でいじめて登校拒否に追い込んだと聞いたことがある。あくまで噂《うわさ》だが、普段秋元とつきあう中で、こいつならありえるかもなと思う場面が幾度かあった。

ノリよく振る舞っているが、中身は結構ねちこい性格をしている。同じ女に二度言い寄ることからしてもしつこさが透けて見える。挙げ句この結果だ。いくらなんでも女には手を出さないだろうが、その分、矛先がナツメに向く可能性は充分ありそうだった。

翌週の月曜は憂鬱《ゆううつ》だった。いつものように駅まではトキオと登校し、電車が来たらじゃあなと別れる。トキオは窓際に一人で立ち、ナツメはやや緊張しながら仲間のほうへ向かった。

「おーす、ナツメ」

秋元が手を上げ、あれ、とナツメはキョトンとしてしまった。色々と身構えていたこっちの不安などどこ吹く風で、秋元は昨日のお笑い番組のことなど普通に話しかけてくる。相槌《あいづち》を打ちながら、ナツメは考えすぎていた自分を笑った。

——だよな。女一人のことでいじめなんて。そこまでガキじゃねえか。

みんなで適当に会話を回す中、ナツメが言ったことに対して、秋元が「センスわりー」とツッコミを入れた。ナツメもふざけて「お前に言われたかねーよ」と返したときだ。

「は？」

秋元の顔つきがガラリと変わった。それまでのにこやかな態度から一転、タチの悪いチンピラみたいに顎を反《そ》らし、ナツメをねめつけてくる。

「なに？　俺になにを言われたくねーの？」

問いながら、ごりごりと額を押しつけてくる。いきなりの展開に、他の友人たちも固まってこちらを見ている。嫌な空気の中、「なんてねー」とパッと顔を離された。

「ビビった？」

秋元はべろっと舌を出してギャハハと笑った。わざとらしいほどの笑顔なのに、目は全く笑っていない。他の友人も気づいていて、引きつった笑みを浮かべている。

どうやら、嫌な予感は当たったらしい。

その日を境に、それなりに楽しかった学校生活は一変した。外から見ている限り、ナツメたちは変わらず仲のいいグループに見えるだろう。変化は内側からしか分からない。

電車内でされたように、楽しく会話をしている最中いきなりすごまれる、もしくはナツメの言葉だけが無視される。じゃれ合っているフリで身体を強く叩かれたりもした。いいかげんにしろよと怒ると、なにマジになってんの？　とニヤニヤ笑いを返される。

正面切っていじめてくるわけでもなく、チクチクと針でつつくような陰湿なやり方に、ナツメは秋元を殴りたい衝動をこらえるのに苦労した。他の友人たちは、消極的にだが秋元に同調していた。中学時代にやんちゃをしていたことを考えると、秋元と揉めたくない気持ちは分かる。分かるけれど、友情ってなんですかと問いたくなった。

その日の昼休みも、廊下でたまりながら冗談のフリで勢いよく突き飛ばされた。みっともなくたたらを踏んで、顔を上げると廊下の向こうにトキオがいるのに気づいた。

見られたかと焦ったが、トキオは廊下の壁に背をあずけ、目を瞑って音楽を聴いていた。見られていなかったようで、ナツメはホッとした。くだらない理由でイジメの的にされているなんて、格好悪くてトキオには知られたくない。

「最近、どう?」

その日の夕飯のあと、トキオはナツメの部屋でダラダラと過ごした。最近ずっと忙しそうだったのに珍しい。今もベッドで寝転びながら、雑誌をぺらぺらめくっている。

「どうって、なにが」

「学校とか家とか、色々」

目は雑誌に落とされたまま、暇つぶしにただ聞いているだけという感じだ。気楽すぎて、逆に秋元たちとのことをぺろっと言ってしまいたくなる。

「調子ねえ、まあ、なんていうか……」

すぐそこまで来ていた言葉を、ナツメは辛うじて飲み込んだ。

学校が憂鬱な場所になって以来、トキオと過ごす時間はナツメにとって貴重な安らぎになっている。相談なんてして、避難場所にまで秋元製の泥をぶちまけるのはごめんだった。

「まあまあかな。特に変化なし」

さばさば答えると、トキオがこちらを向いた。なにか言おうと口を開け、けれど思い直したように顔を戻し、また雑誌に目を落とす。頬杖をつく横顔からは、特に深い感情は読み取れない。けれど、今夜のトキオはいつになく歯切れが悪い気がした。

翌朝、トキオから電話がかかってきた。風邪を引いたようで身体がだるい、風邪薬はないかと聞いてくる。登校時間ギリギリになって言うものだから、結局いつもより一本遅い電車になった。当然秋元たちはおらず、電車内でもばらけずにトキオと窓際に並んだ。

「無理しないで休めばいいのに。つうか具合悪いならもっと早く言えよな」

「悪い。大したことなかったけど、一応念のために」

確かに。こうして向かい合っていても、トキオは大して調子が悪そうにも見えない。電車の窓から朝の光が差し込んで、トキオの真っ黒な髪をちらちらと金色に光らせる。

カーブに差しかかって、大きく電車が揺れた。窓を背にしているナツメにトキオがかぶさってくる。至近距離で視線が絡んだ。なにもかも見透かしているような黒い目。

「そうだ、明日からしばらく弁当作ってくれないか」

思い出したようにトキオが言った。

「なんで?」

「こづかい全部画材に突っ込んで、昼飯代がなくなった」

「つうことはなにか。タダ飯を食わせろと言ってるのか?」

「まあそういうことになる。前の晩の残りものとか、その程度でいいから。とりあえず今日は購買のパンでいいし、昼になったらお前の財布を取りに行く」

勝手に決めるなと足を踏みつけると、痛い、と低い声が降ってくる。トキオの声はこんなに低かっただろうか。それだけじゃない。以前と視線の高さが微妙に違う。

「……お前さあ、また背、伸びた？」

「さあ、測ってないし知らない」

余裕のそっけなさが悔しい。昔はナツメよりチビでひょろひょろだったのに、いつの間にか背も見た目も男度では遥か上に行かれてしまった。同じものを食べて育ったのに不公平だと考えていると、また電車が大きく揺れた。人が雪崩《なだれ》のように押し寄せてくるが、トキオがナツメを庇《かば》うように窓に両手をついているのでつぶされずにすんでいる。

「とにかく昼、教室に迎えに行くから」

腕の中にナツメを閉じ込めたまま、押しの強い低音でトキオが言った。

昼休みはいつも秋元たちと過ごす。仲良くはしゃぐフリで、ずっと嫌がらせを受け続けることが多い。敏《さと》い人間が見れば、なにかおかしいなと気づく程度の陰険さで――。

今朝のことは、仮病だったのかもしれないと、ふと思った。

ナツメが秋元たちと揉めているのを知ってて、トキオはわざと電車を遅らせたのかもしれない。黄色や瑠璃色の野鳥、雨上がりの蜘蛛の巣、北斗七星のホクロ。

見ていないようで、トキオは実はしっかりと周りを見ている。

その日の四限は教師の都合で自習になった。最初は静かだったが、そのうちみんな好き勝手に席を移動してお喋りをはじめる。ナツメも最近仲良くなった別のグループに混じって話をしていた。秋元たちが来たのは、四限が終わる少し前だった。

「ナツメ、トイレつきあってー」

「勝手に行ってこいよ」

そちらを見もせずに答えると、いいから行こうぜと首に腕を巻きつけられた。顔はあくまでにこやかなので、周りは不穏な空気に気づかない。ぐいぐいと首を絞められ、ナツメは仕方なく教室を出た。他のクラスはまだ授業中で、校内はしんと静まり返っている。

「なんの用だよ。こんなとこ連れてきて」

トイレに行こうと言ったくせに、連れ込まれたのは使っていない視聴覚室だった。暗室用の黒いカーテンの隙間から、窓からの光が細いナイフみたいに床を切り取っている。

「べっつに。最近、俺ら疎遠だし、たまにはゆっくり遊ぼうって思っただけ。なあ」

しかし仲間たちは目を伏せ、ナツメと視線を合わせないようにしている。ノリの悪い仲間たちに苛ついたのか、秋元は舌打ちをして仲間の一人が持っている紙袋を引ったくった。中から取りだされたのは女子用の制服だった。今ではあまり見ない古風なセーラー服。

「これ、コスプレマニアのオタクくんから借りたんだよ。かわいいだろ」

話しながら、秋元はそれをナツメの胸に当てる。嫌な予感が高まった。

「あ、やっぱ思った通り似合うわ。ナツメって女顔だし」

「ふざけんなよ」

ナツメはセーラー服を払いのけた。こんな馬鹿らしいことにつきあっていられるか。さっさと出て行こうとしたが秋元に腕をつかまれた。そこからはあっという間だった。事前に打ち合わせでもしていたのか、他の仲間がナツメを後ろからはがいじめにしてくる。

必死に暴れたが五人相手では無理だ。手足を押さえられ、半袖シャツの上から無理矢理セーラーの上下を着させられた。その様子を秋元がニヤニヤと眺めている。

「うん、かわいいじゃん。これでメイクしたら完璧じゃね？」

秋元が笑いながらポケットから口紅を取り出した。左右から押さえつけられたまま、グイと顎を持ち上げられ、真っ赤な口紅をぐりぐりと唇に塗りつけられる。

「うあー、予想以上にかわいい。俺、惚れそう。なあ、ナツメちゃん」

冗談で「んー」と唇を寄せられ、ナツメは頭を思い切り前に倒した。

「……っ！」

ゴツッと嫌な音がして、秋元が鼻を押さえて身体を離す。手の隙間からポタリと赤い雫が滴り落ちる。鼻血が出たらしい。秋元の顔からスーッと表情が消えていく。

「……あーあーあー、これ、なにしてくれんだよ」

能面みたいな無表情で呟き、鼻血のついた手をナツメの頬になすりつける。次の瞬間、無言でみぞおちを蹴り上げられた。手加減なしの威力に呼吸が止まった。脇を押さえていた仲間も驚いて手を離す。せっかく自由になったのに、蹴りの衝撃で起き上がれない。

「大人しくしてたら内輪のお遊びですませてやったのになあ」

忌々しそうに吐き捨て、秋元は床に転がってうめいているナツメのセーラー服のスカートの中に手を入れてきた。下にはいたままの制服のズボンのベルトを外される。

「な、や、止め……っ」

ろくに抵抗も打てないまま、ズボンを足から抜かれてしまった。あとには無理矢理着せられたセーラー服のスカートだけだ。秋元はセーラー服が入っていた紙袋の中に抜き取ったナツメのズボンを突っ込み、じゃーなーと立ち上がった。そのまま出口に向かう。

「ま、待て、制服返せ！」

「そのまま出てきたらいいじゃん」

秋元は残酷な笑い方をした。他の仲間は俯きっぱなしで、結局、誰も、一度も、ナツメとは目を合わせなかった。カーテンが引かれた暗い部屋に一人残され、ナツメはのろのろと身体を起こした。みぞおちがズキズキ痛む。けれど今はこの状況のほうが問題だった。

そのうち四限目が終わるチャイムが鳴り、あちこちの教室から生徒が出てくる気配が伝わってくる。ナツメは視聴覚室の後方、黒いカーテンに隠れるように座り込んだ。

スカートの襞《ひだ》がふわりとめくれて足がスースーする。スカートごときつく膝を抱え、とにかく放課後になるまで待つしかないと考えた。人がいなくなってから教室に戻り、体操着に着替えて帰るしかない。なんでこんな目にと思うと、悔しすぎて涙が込み上げてくる。

とにかく秋元をボコボコにしてやると決めた。あとでどうなろうと知ったことか。

唇がベタベタして、手でこすると手の甲にべったりと口紅がついた。こすってもこすっても赤色はうすぼんやりと広がるばかりだ。くそっと舌打ちした。きっと口の周りもひどいことになっているんだろう。こらえきれず、ついに目の縁から涙がこぼれ落ちた。

膝に顔を伏せて布地に涙を吸わせていると、いきなり視聴覚室の戸が引かれる音がして、ナツメはビクッと身体を震わせた。こんな姿を見られたくない。入ってきた足音はなにかを探すようにあちこち動き回る。カーテンに隠れ、ナツメは限界まで身を縮めた。

頼むからこっちに来るな。しかし足音は近づいてくる。カーテンの下から、ちらっと上履きの先が見えた。なぜだろう。それだけで誰か分かってしまった。

「……トキオ」

小さく名前を呼ぶと、そうっとカーテンが引っ張られた。

隙間からトキオが現れる。見慣れたカラスみたいな真っ黒な髪。真っ黒な目。

「クラス行ったら、秋元たちとどこかに行ったって聞いたから」

トキオの声を聞いた途端、それまでの緊張がほどけてまた新たに涙がこぼれた。

慌てて下腹に力を入れる。でもだめだ。ボロボロこぼれて止まらない。

トキオの目に映る自分は、きっとひどいありさまだろう。セーラー服なんて着て、はみ出した口紅で顔も手も真っ赤に染めて、みっともなさすぎて言葉が出てこない。

「待ってろ。すぐ戻ってくる」

トキオはそう言い、視聴覚室を出て行った。ほどなく戻ってきた手には鞄があって、それをナツメに渡した。中には体育用のジャージと濡らしたハンカチが入っている。

「……ありがと」

ぎこちなく礼を言ったが、トキオはなにも言わずに大股で視聴覚室を出て行った。

戸が閉められた途端、廊下をすごい勢いで左に走っていく足音が聞こえた。左側には向かいの校舎との連絡通路しかない。ナツメはカーテンを少し引いた。

窓越しのわずかな隙間から、通路を駆けていくトキオが見えた。

その先では、秋元たちがたまっている。

——あ。

まばたきする間に距離を詰め、トキオは秋元の背に跳び蹴りをくらわした。

勢いよく前のめりに倒れる秋元と、周りにいた生徒たちの驚く顔。

トキオは倒れている秋元の髪をつかみ、上げさせた顔に勢いよく拳を放り込む。呆然としていた周りの生徒が我に返り、慌ててトキオを止めに入った。その隙をついて、秋元も反撃に出る。はがいじめにされているトキオの顔面に拳が入る。しかしトキオは怯《ひる》むことなく、押さえつけているやつらを振り払って秋元を殴り返した。

——あ、馬鹿、右手、使うな。

以前、トキオは道で転んだ拍子に歯を折ったことがある。ペンを持つ右手を庇って、顔から地面に激突したのだ。ナツメは呆れ、お前はどこの一流ピアニストだとからかった。

そのトキオが、血走った目で右拳を振り回している。

拳が切れたのか、もしくは鼻血か、秋元の顔もトキオの顔も真っ赤に汚れている。

あちこちの窓に生徒が鈴なりになって、昼休みの喧嘩を見物している。野次馬からの煽《あお》りが乱れ飛ぶ中、それすら耳に入らないみたいにトキオは必死で殴り合いをしている。

普段の斜に構えたところなど微塵《みじん》もない。

どこにでもいる馬鹿で短気な高校生みたいだ。

あんなトキオは知らない。

あんなトキオは見たことがない。

暗い教室の片隅で、ナツメは見知らぬ幼なじみを呆然と見つめた。

4

後ろから跳び蹴りをくらい、床につんのめった勢いで秋元《あきもと》は鼻骨を折った。

トキオのほうも殴られた拍子に口の中を派手に切り、他にも右手を突き指した。骨折していなかったことが幸いだったが、しばらくペンを握ることはできない。

普通なら喧嘩《けんか》両成敗、どちらも謹慎をくらってこの件は終了になるはずだった。

しかし騒ぎは予想外の展開を見せた。穏便にすませたい学校側の対応に不満を感じた秋元の親が、相手側にしかるべき処分をしないと警察に訴えると怒鳴り込んできたのだ。いきなり背後から蹴られたのだから被害者はこちら、というのが言い分らしい。

事前に学校側はトキオに理由を聞いたのだが、トキオは一言、「ムカついたから」、と普段のトキオからは考えられない短絡的な答えを述べた。ムカついたのは事実だろうが、そこに至るまでの経緯を省いたことで、ことの真実からは遥かに遠く離れてしまった。

なぜ理由を言わないのか、トキオがナツメを庇《かば》っているのは明白だ。

誰だって、いじめにあっているなんて知られたくない。

トキオの気持ちは本当にありがたかったが、ナツメは自分からあの日秋元にされたことを教師たちに告白した。以前から自分は秋元から集団いじめにあっていて、あの日はセーラー服を着させられて視聴覚室に閉じ込められた。トキオはそれを知って怒ったのだと。

いじめ問題には教師も敏感になっていて、クラスメイトを何人か呼んで秋元とナツメの関係を聞いたらしい。しかし正面切ってのいじめはなかったので、クラスメイトたちはみな、「知らない」、「分からない」と答え、真実は一向に証明されない。

時間ばかりが経つ中、痺《しび》れを切らした秋元の親は奥の手を使ってきた。秋元の身内には古参の市議会議員がいるそうで、そちらから苦情を申し立ててきたのだ。

連日のように突き上げをくらい、校長もほとほと参ったのか、ある日、謹慎中のトキオの家に担任教師が転校を勧めてきた。相手を退学にしろ、でないと訴えると秋元の親が息巻いている現状では、転校が一番穏便ではないか――ということだった。

「なんだよそれ、なんでトキオが学校辞めなきゃなんねえんだよ」

理不尽すぎる話に、ナツメは怒りを通り越して唖然《あぜん》とした。

「さあな。けど先生らも議員のお偉いさんから圧力くらって大変みたいだし。先に暴力ふるったのが俺なのは事実だし、そこを責められると言い訳できない」

「なに悟ってんだよ。俺、直接秋元に言ってくる。元々あいつが――」

「行かなくていい」

打って変わって強い口調に、ナツメは黙り込んだ。分かっている。自分に怒る資格なんてない。トキオはナツメのために秋元と揉《も》めたのだ。でも理不尽だ。喧嘩両成敗のはずが謹慎を受けているのはトキオだけで、秋元は普通に学校に来ている。

あれ以来、秋元はナツメと目も合わせない。その理由を、近くで喧嘩を見ていた友人から聞いた。あのとき、二度とナツメに手を出すなとトキオが凄《すご》んだのだ。すごい迫力で、喧嘩慣れしている秋元のほうがビビっていたと言っていた。

「けど、トキオだけ学校替わるなんて絶対おかしい」

しかしトキオは自室の椅子《いす》にあぐらをかき、ノンキにくるくる回転した。

「まあ、俺的には辞めてもいいと思ってるけど」

「………は?」

ナツメはポカンとトキオを見上げた。

「正直言うと、前から学校にあまり価値を感じてなかった。それよりも、今すごく漫画が描きたい。賞獲って、担当ついて、ここでやらなきゃいつやるんだって感じだし」

トキオは机の原稿用紙に目をやった。授業を受けていても、どうして自分はここで数式なんて覚えてるんだろうと違和感に襲われる。頭の中は今描いている漫画のことでいっぱいで、次に描きたい漫画のことでいっぱいで、二十四時間しかない一日のうち、大部分をその他のことに費やさなければいけない現状に焦りを感じて苛々《いらいら》する。

「どうせ俺たちあと一年で受験だろう。俺は元々進学するつもりはなかったし、今、よそに転校してまで勉強したいかって考えたら、もういいって思ったんだ。将来の夢が決まってるんだから、一足先に進路決めてもいいだろう。父さんに言ったら反対されたけど」

「当たり前だろう。俺だって反対だ」

ナツメは真剣にトキオを見つめた。トキオの気持ちはよく分かる。でももしその夢が叶《かな》わなかったら？　高卒と中卒じゃ選べる仕事が違ってくる。人とは違う才能を持っているトキオに憧れる反面、ここは大人になって、あと一年辛抱しろよと思う。でも言えない。トキオは馬鹿じゃないから、夢と引き換えにリスクを背負うこともちゃんと分かっている。

「……俺、……どうしよう」

ぽつんと呟《つぶや》いた。

「ナツメ？」

「……学校辞めるとか、シャレになんねえよ。俺のせいじゃん」

ナツメは力なくうなだれた。自分のせいで取り返しがつかないことになった。

「ナツメのせいじゃないだろ。いや、秋元のことはお前にも関係あるけど、学校辞めようって決めたことは秋元やナツメには関係ない、根っこの違う別件だから」

そうは言っても、こんな騒ぎにならなかったら、トキオは不満を持ちつつも高校を辞めようとまでは考えなかったはずだ。自分を責める反面、なんでだよと思ってしまう。

友達だからって、ここまでしてくれなくてよかったのに。大事な右手まで怪我をして、包帯なんか巻かれて、ここ何日かあれほど好きな漫画を描けないでいる。トキオは馬鹿だ。大馬鹿だ。でも助けに来てくれて嬉《うれ》しかった。自分のためにそこまでしてくれて嬉しかった。

渦巻く感情は言葉にならず、代わりに胸の水位をどんどん持ち上げる。

ついに決壊して、一滴ぽたりと滴った。とてつもなく格好悪い。

窮地に立っているのはトキオなのに。自分は守られただけなのに。

昔もこうだった。暴力を受けて、怪我をして、痛い思いをしているのはトキオなのに、なぜかナツメのほうが我慢できずに泣き出してしまった。

「お前、昔と一緒。感極まるとすぐ泣く」

「……るせー、馬鹿」

ごしごし目元をこすると、トキオは椅子から下りてナツメの前に座った。

真っ黒な目が、食い入るように自分を見つめる。

「トキオ？」

呼びかけたが、トキオはなにも答えない。

包帯を巻かれた手が顎《あご》にかかる。

持ち上げられて、トキオがゆっくりと顔を寄せてくる。

「トキ……」

最後の一文字は、触れ合った唇に吸い込まれて消えた。

二週間後、学校は夏休みに入り、終業式の日にトキオは退学届を出した。

秋元側の圧力に負けたという罪悪感があるからか、教師たちは慌てた。退学ではなく、転校手続きをするから早まるなと今さらな説得に乗り出してきたらしい。とりあえず夏休みいっぱい考えなさいと、意味のないアドバイスと一緒に退学届は返された。

「なんでこの暑いのに坦坦麵《たんたんめん》なんだ」

今日は朝から三十度を越していて、昼前には早くも温度計が三十五度を超え、トキオは食卓で湯気を立てている真っ赤な丼を見ていやあな顔をした。

「こないだ見た料理本に、夏こそ暑気払いの激辛料理って載ってたから」

「これじゃ払う前に死ぬだろ。こんな日は冷やし中華とかにしろよ」

「文句あるなら食うな」

そう言うと、トキオは大人しくいただきますと手を合わせた。節電でクーラーは使わない。

熱気のこもった部屋で熱い麵をすすり、食べ終わったころには汗だくになった。

「あちー、死ぬ、溶けて死ぬ」

ベランダの窓の前までずるずる這《は》って行き、ナツメはゴロンと畳に転がった。続けてトキオもやってきて隣に寝転がる。汗で濡《ぬ》れた腕がわずかに触れ合った。

暑いのに、微妙に距離が近い。

「あ、飛行機」

トキオとの接触から逃れるように、ナツメは空を指さした。寝転がったまま見上げる網戸の向こう、真っ青な空を飛行機が飛んでいく。トキオはなにも答えない。

あの日、トキオはキスの言い訳を一つもせず、ナツメも理由を問わなかった。

下手につついて、とんでもない返事が返ってくるのが怖かったのだ。

けれど考えたくないことほど、考えないでいることは困難で、考えないでおこうと意識している間ずっと、そのことを考えているという矛盾した結果になった。

トキオはなぜ自分にキスなんてしたんだろう。

これが女なら、普通に自分を好きなのかなと思う。

でも自分たちは男同士だ。恋や愛という理由をさっ引いて、それでもあんなことをした理由は？　適当な答えが浮かばず、とりあえず自分からはつつかないほうがいいと判断した。そしてうまい具合に、キスをした日からトキオもぱったりと顔を見せなくなった。

正直ホッとした。このまま時間を置いて、なにもなかったことにしてしまえばいい。けれど五日目には考えが変わった。なんでもないことならさっさと顔を合わせて笑い飛ばしてしまったほうが気が楽だ。時間を置くことで、たかがキス一つが重くなってしまう。

――もしかして、このまま疎遠になったりして……。

五日もトキオと顔を合わせないなんて旅行以外では初めてだった。

長いつきあいで、簡単に切れるような縁じゃないと自信がある。

だからこそ、そんな相手とのキスは『重大事件』だよなあとまた考え込む。

モヤモヤして、グルグルしまくった六日目、ついにイライラが限界を突破した。

今日は無理にでも引っ張ってきてやる。そう決めて玄関のドアノブに手をかけたと同時、ピンポンとインターホンが鳴った。もしやの予感が胸を掠《かす》める。ドアを開けると、やっぱりそこにはトキオが立っていた。さすが幼なじみ、神がかり的なシンクロ率だ。

「あ……、ひ、久しぶり」

なんとか動揺を隠して笑いかけたが、トキオはにこりともせずに言った。

「こないだは変なことして悪かった。忘れてくれ」

玄関先で突っ立ったまま。言い終わると「それだけだ」とさっさと踵《きびす》を返そうとする。逃げにかかっている後ろ姿に、ナツメは思わずトキオのシャツの裾をつかんだ。

トキオが振り返る。

動揺が透けている顔を見た瞬間、トキオの気持ちが分かった。

分かりたくなかったけれど、分からざるを得なかった。

やっぱりトキオは、恋愛という意味で自分を好きなのだ。でなければ、忘れてくれとわざわざそれだけを言いに来たりしない。今だって、トキオらしくない怯《おび》えた様子でナツメの二の句を待ち構えている。なのに言葉が出なかった。

一体なにをどう言えばいいのか分からない。これが女の子なら幼なじみから恋人へという展開もありだが、相手は男だ。しかもトキオだ。恋愛対象として見るなんてありえない。

——告白はしない、今の関係が壊れるのは嫌だ。

トキオが以前に言っていたことをふいに思い出した。そりゃあそうだろう。今ならナツメも納得する。ナツメだってトキオとの関係を壊したくない。傷つけたくもない。不用意な言葉は絶対に言えない。どうしよう。どうしよう。いくら考えても答えは出なかった。

「……せ、せっかくだし、夕飯食ってけば？」

懸命に考えた挙げ句、そう言うのが精一杯だった。トキオの気持ちを知った上で曖昧《あいまい》に言葉を濁した。それは言外にノーを告げたと同じだ。トキオにもきっと伝わっただろう。

「……じゃあ、食べる」

トキオは伏し目がちに答え、部屋に上がってきた。その日の夕飯はギクシャクとしたものになり、しかし食べ終わってもトキオは帰らなかった。二人でダラダラお笑い番組を見て、上滑りしているのを承知で会話を続け、なんとか力業《ちからわざ》で関係を元に戻したのだ。

トキオも、自分も、核心をつくようなことはなに一つ言わなかった。

平和的な形で『事件』は収まった。

目に見えるような変化はなにもない。

なのに、なにかが決定的に変わってしまった。

今までナツメは、友情よりやや深く、こいつがいなくなったら困るなという切実な感じでトキオが好きだった。でも全体的な形としてはやっぱり友情で、トキオの『好き』との間にできた溝の埋め方が分からない。形も中身も全く違う『好き』に戸惑う。

戸惑ったまま、見た目だけは以前の二人を擬態している。

「夕飯、なにか食いたいもんある？」

ぼうっと問うと、トキオは「冷たいもの」と呟いた。

「お前、夏休みなのに毎日毎日、三食飯作るしかすることないのか」

「ない」

ナツメはあっさり答えた。

「俺のことなら放っておいていいぞ。適当に――」

「違う。本当に暇なんだよ。なんか遊ぶ気じゃないっていうか……」

秋元と揉めたとき、友情ってなんですかとナツメはアホらしくなった。秋元にではなく、同調していた周りのやつらにだ。長いものには巻かれとけ。強いものには頭垂れとけ。仕方ないことだと思うが白けてしまった。とりあえず日常が不便なので他のグループに入ったが、白けてる一方でちゃっかり便利さを優先している自分もどうなんだと思う。

外に出て遊ぶ気分になれず、あまりに暇なので、少し真面目に将来について考えたりなどもしている。来年は三年生で、どっちにしろ進路を決めなくてはいけない。

「暇だとなんか色々じっくり考えるよな。将来のこととか」

「なにかしたいことがあるのか?」

「うーん、そうだなあ。料理するの楽しいし、コックとか格好いいなあとか」

口にした途端、恥ずかしくなった。プロになるために努力して結果も出しつつあるトキオから見たら、家メシ作ってるだけでコックなんて笑わせるなよのレベルかもしれない。

「あー……なんていうか、ほら前に言ってた茶高の子、トモミちゃんって言うんだけど、その子の兄貴が昔から料理好きで、今はコック見習いとかしてるみたいで——」

話す途中、トキオが身体ごとこちらを向いた。

「会ったりしてるのか?」

「兄貴と?」

「茶高の子と」

また鼓動が速まった。見なくても、声だけでトキオが真顔なのが分かる。

「会ってないよ。たまにメールするくらい」

トキオはふうんと呟いて、また身体を元に戻した。

沈黙が流れて、ナツメは「あっつー……」と手で目を蔽《おお》った。

窓を全開にしているのに風は入ってこず、ベランダの手摺《てす》りの上に広がる青空や、ジリジリ鳴く蝉《せみ》が余計に暑さを演出する。暑い。暑い。本当に暑くて、とろりと溶けた気持ちがマーブル状に入り組んで、なんてことない時間を複雑なものに変えていってしまう。


八月も半ばを過ぎたころ、なぜかトキオの担任から電話がかかってきた。

昨日、トキオから正式な退学届が提出されたという。よく考えろと言う担任に、トキオは将来プロの漫画家になりたいから学校に来る時間が惜しいとはっきり告げたらしい。

「全く、なにを夢みたいなことを言ってるんだか。漫画家なんて、そんな簡単になれるもんじゃないだろう。夢を見るなとは言わんが、まずはちゃんと高校を卒業して、大学に進学するなり就職するなり、生活基盤をきちんと持った上でチャレンジすればいいことだ」

電話口で説教をくらい、直接本人に言えよとナツメはげんなりした。

「しかもいきなり東京《とうきょう》へ行くって言うじゃないか」

「え？」

「お前、仲村《なかむら》と幼なじみなんだろう。お前から考え直すよう言ってやってくれないか。もちろん先生だって仲村の気持ちは充分分かってるつもりだ。仲村は秋元の件で意地になっているだけなんだろう？　そんなことで簡単に進路を決めて後悔――」

最後まで聞くことなく、ナツメは「俺、用事あるんで」と電話を切った。作りかけの昼食をほったらかして玄関を飛び出す。チャイムを連打して三十秒後、トキオが出てきた。

「昼飯には早くないか」

のんきな一言目が言い終わらないうちに声を張り上げていた。

「東京行くってどういうことだよ！」

トキオの頰《ほお》がぴくりと動いた。

「漫画家になりたいって、プロになりたいって、それはいいよ。いいけど、なんでいきなり東京なんだよ。昨日、退学届出したってことも俺は聞いてないぞ！」

三軒隣の主婦が買い物袋を手に階段を上がってきて、玄関前で怒鳴っているナツメをちらっと見た。ナツメはトキオの胸を突き飛ばすように部屋に入った。

「ナツメにはちゃんと言おうと思ってた」

「当たり前だ！」

画材でいっぱいのトキオの部屋を、ナツメは苛々と歩き回った。ベッドに不動産情報誌が置いてある。『東京エリア』という文字にぐっと手を握り込んだ。

「俺が言ってるのは、なんで事前に相談してくれないんだってことだ。俺に黙って勝手に退学届出して、東京行くって決めて、全部終わってから報告されても遅いんだよ」

「他人に相談することでもないだろう」

他人、という言葉が思いの外胸に食い込んだ。

「な、なんだよ、それ。そりゃ俺なんかロクな意見とか言えないけど」

「そうじゃない。どんな立派な人にだって未来のことは見えないだろう。先生たちが言う『だめだったとき』のこともさんざ考えて、それでもやりたいって俺が思ったんだ」

そんなことは分かっている。これはトキオの夢で、トキオの未来で、トキオの人生で、もう誰かに意見を聞くとかそういう段階を越えている。トキオはやろうと決めたのだ。

高校を辞めると聞いたときもショックだったけれど、トキオが決めたことなら自分だけは応援しようと思えた。学生、フリーター、立場が変わっても自分たちの関係は変わらない。家に帰れば、壁一枚隔てたところにトキオはちゃんといる。でもこれからは——。

「ここにいても漫画は描けるだろう」

「描ける。けど色々あるんだ」

「色々って？　誤魔化さずにちゃんと言えよ」

トキオは溜息をつき、一つ一つ説明してくれた。担当編集者に直接ネームを見てもらえること。ダイレクトにアドバイスが受けられること。東京ならアシスタント先がたくさんあること。プロの現場を間近に見て、勉強しながら金がもらえること。

「なんだよ、その程度の理由かよ。直接話さなくても電話もメールもあるじゃねえか。大体アシスタントってバイトだろ。最初からバイトする気満々って全然気合い入ってねえよ。自分の漫画だけで稼いでやるって言えよ。それくらいの根性ないとプロになんか――」

なれっこないと言いかけて、咄嗟《とっさ》にそれだけは言うなと唇を嚙《か》んだ。

ナツメにだって分かっている。自分が感情的になっているだけで、トキオの言ってることのほうが現実的だ。最初から漫画だけで食っていけるはずもなく、どうせバイトしながらになるのならプロの漫画家の元でアシスタントをするのはベストな選択だ。根性だけでプロになれるなら、挫折《ざせつ》するやつの数は半分以下になる。頭では分かっている。なのに納得できない。

「トキオは……っ、俺と離れ離れになってもいいのかよ」

理屈を飛び越して、ただただ感情に訴えた。トキオの気持ちを知った上で、ずるい言い方なのは百も承知で、でもどうしてもトキオに行ってほしくない。

「せめて高校くらいこっちで卒業してから――」

「そうしたら、ナツメは俺を好きになるのか?」

瞬間、ナツメは言葉の続きを見失った。

それでもなにか言いたくて口を開け、結局、探しあぐねて閉じられる。

無言で見つめ合う中、ゆっくりトキオが顔を近づけてくる。

拒めと思う。でも身体が動かない。

ひどく息苦しくて目線を横に逃がしたとき、汗で湿った唇が触れた。

一秒、二秒、三秒。軽く触れ合っているだけのキスの途中、トキオの手が腕に触れた。それが合図みたいに、いきなり強く抱きしめられて一気にキスが深くなる。

「……っ」

押し返すとますます力を込めてくる。体格差がもろに出て押し切られそうになる。本能的に恐怖が生まれ、思い切り突き飛ばすとトキオは後ろのベッドに尻もちをついた。

肩で息をするナツメを、トキオがじっと見つめる。無茶をしてきたのはトキオなのにひどく傷ついた顔をしていて、ナツメのほうが罪悪感に駆られてしまった。

「ご、ごめん」

恐る恐る手を伸ばすと、スイと払いのけられた。トキオはだらりと首を前に落とし、なにも言わない。声をかけられる雰囲気ではなく、かといって帰ることもできない。

「……俺はナツメが好きだ。だからもう、ナツメと離れたい」

トキオはゆっくりと顔を上げた。死んだ魚のような目をしている。

「こうなるから、今まで自分の気持ちを隠してた。バレたらナツメとはもう一緒にいられなくなるから、ずっとナツメといたかったから、必死で隠してた。でも毎晩、壁一枚向こうにお前の気配を感じてた。壁一枚向こうで、お前が寝てるところとか想像してた」

トキオは壁にちらっと目を遣《や》った。

「気持ち悪いだろう。自分でもうんざりだ」

ナツメは無言で首を横に振った。なにか言わなくちゃいけない。なんでもいいから、トキオをすくい上げる言葉をなにか一つ。焦るナツメを素通りで、トキオは窓の景色を見た。

「俺、東京行く。もう決めたから」

悲しげだったら引き止められたし、自虐的だったら馬鹿と怒鳴れた。でもトキオの声も表情も淡々としていて、水面下に渦巻く感情をこらえていることが分かりすぎて、もうなにも言えなくなった。なにを言おうと、自分はトキオを傷つけるだけのような気がした。

家に帰ってから、ナツメは自室のベッドに転がった。

——毎晩、壁一枚向こうにお前の気配を感じてた。

トキオの言葉に、俺もだよと心の中で答える。

自分も毎晩、壁一枚隔てた場所にトキオの気配を感じていた。そして安心していた。互いに互いの気配を感じていたのに、いつの間にか思うことはすれ違っていた。

壁際に置かれたベッド。寝転がったまま、壁にそっと手を当てた。

今この瞬間、トキオも同じことをしている気がした。

5

八月のカレンダーが残り少なくなった。

昨日、最近ご飯が手抜きねと母親に苦情を言われた。先日の一件以来、トキオと顔を合わせていなくて、一人だと食事作りにも身が入らないのだ。食器棚にあるトキオの茶碗や箸《はし》を見るたび、今までどれだけの時間をトキオと重ねていたのか思い知る。

追い打ちをかけるように、母親経由でトキオの引っ越しが決まったことを聞いた。十八歳までは東京の親戚の家で暮らすという条件で父親がOKしたらしい。随分あっさりしているなと思ったが、父親はトキオに対して後ろめたさがあるようだ。幼いころのDVが今でも親子関係にうっすらと影を落としていて、トキオのやることに父親はほとんど異を唱えない。

トキオは八月最後の日曜日、この箱庭みたいな市営住宅を出て行く。

もうあと十日もなくて、このまま別れてしまうんだろうなと思うとやりきれない気持ちになる。仲違いをしたわけでもなく、嫌いになったわけでもないのに。こんなに気まずい別れ方をするために今までの何年間があったんだろうかと空しくなる。

ナツメは昔からひそかにトキオに一目置いていた。

屈託なく振る舞っているようで、さりげなく周りを見て歩幅を合わせる自分と違って、トキオは『自分だけの世界』を持っている。それさえ胸に抱えていれば、周りに人がいなくなっても、どんな遠くまでも歩いて行けると信じていそうな、自分にはない強さ。

トキオが夢を追いかけるなら、幼なじみとして応援したい。

誰が反対しても、自分だけは味方になってやろうと思っていた。いや、今もそう思っている。

なのに、ここ一番というときに行ってこいと背中を押してやれないことが悔しすぎる。

頬杖でカレンダーを眺めながら、ナツメは指でそっと唇をなぞってみた。

あのとき、キスされると分かっていたのに、避けなかったのはどうしてだろう。

相手は幼なじみのトキオだ。

とても大事な相手で、だからこそ答えを出すことがひどく難しい。

友情だと思っていたものが、実は恋愛でした、と言われてもすぐに反応できない。

考えなくてはいけないことは山ほどあって、せめてもう少し時間があれば——。

爪を噛んでいることに気づいて、ナツメは一人の部屋でしかめっ面をした。

時計を見るともう夜の八時を過ぎている。今夜は母親も遅くなると言っていたし、一人分の夕飯を作るのはめんどくさい。ナツメは近所のコンビニに行くことにした。

市営住宅の敷地を出て、大通りを少し行くとコンビニの灯りが見える。ハンバーグ弁当を買って店を出ると、見覚えのある大きな影が向こうから歩いてくる。トキオだった。

「……よ」

ギリギリまで視線を合わさず、ナツメは必要最低限の挨拶《あいさつ》をした。ちらっと見たトキオの手には、いつも使っているノートや筆記用具の入った鞄《かばん》がある。

「……どっか行くの？」

「ファミレス。飯食いがてらネームやろうと思って」

答えながら、トキオはナツメが持っているコンビニ袋を見る。

「珍しいな。お前がコンビニ弁当なんて」

「一人で食ってもつまんねえし」

「ふうん」

沈黙が漂った。偶然会っただけで用事などない。空気もぎこちない。気まずい。なのにじゃあと立ち去れない。これを逃したら、もうトキオと話をする機会はないかもしれない。

「トキオ、もうすぐ引っ越し――」

言いかけたときだった、向かいから走ってきた原付バイクがふいに停まった。秋元のグループの一人で、あんなことになる前までは仲の良かった高橋《たかはし》だった。

「……ナツメ、えっと、久しぶり。元気してた？」

メットのつばをいじりながら、高橋が遠慮がちに声をかけてくる。

「あー……、うん、まあまあ」

ナツメは目を合わせずに答えた。無視したって当然の相手なのについ返事をしてしまう。自分のこういうところが嫌だ。案の定、会話が途切れて沈黙が落ちる。苛々して、さっさと行けよという意味で顔を背けると、高橋は縋るような笑顔を浮かべた。

「あの、前のこと……ごめんな。俺、ずっと謝りたくて」

カッとした。なにがごめんだ。このクソ野郎。謝るくらいなら最初からイジメになんて荷担するな。唇を噛むと、トキオが一歩前に出てきた。

「謝るくらいなら、最初からするな」

ナツメが思っていた通りの言葉を口にする。高橋は表情を強張らせ、ごめんともう一度繰り返した。そんな中、また原付バイクが何台か走ってきて停まる。

「高橋、お前なにしてんだよ。先に行って部屋予約しとけって言っただろう」

秋元だった。これからみんなでカラオケにでも行くのだろう。一緒にいる連中はナツメの知らない他校の学生たちだった。秋元がナツメに気づいてちらっと見る。

「……よ、久しぶりじゃん。元気してた？」

秋元は顎を反《そ》らして偉そうに聞いてくる。自分のしたことを欠片《かけら》も反省していないことがうかがえる。ナツメもさすがに返事をせず、視線を鋭く尖《とが》らせた。

「秋元、誰、ツレ？」

ナツメの知らない誰かからの問いに、秋元は平然と「ああ」とうなずいた。

「あ、けどこっちの大木はツレじゃねえよ」

秋元はトキオを顎で指し示した。

「いきなり後ろから蹴りかましやがって、こいつ、やり方がヒキョーなんだよ」

「あ、もしかして鼻折られたのってコイツに？」

友人はバイクのハンドルに腕を置いてもたれ、おかしそうに笑った。

「まじかよ。なんか暗いっつうかオタクっぽいんですけどー。秋元、こんなのにやられたのかよ、だっせー。ねえねえ、あんた、その鞄の中なに入ってんの。アニメ雑誌？」

みんなが原付から降りてくる。ニヤニヤしていて嫌な感じだ。一人が不意打ちでトキオの鞄を奪った。奪い返そうと手を伸ばすトキオに秋元が横から蹴りを入れた。

「あ、わりー、当たっちまった。けどおあいこだよな」

秋元がニヤッと笑う。学校では手を出してこないが、今は仲間もいるので調子に乗っているのだ。とことん卑怯《ひきょう》なやつだ。けれどこの状況はナツメたちに不利すぎる。

「うおっ、まじで漫画じゃん！」

鞄を奪った男が、中からネーム用紙を取り出して声を上げた。みんながわらわらと集まりだし、二つ折りの束になっているB４のコピー用紙を回し見する。

「こいつ本物のオタクだよ。けどヘッタクソだなあ。鉛筆じゃん」

それはネームと言って下描きの下描きだ。ナツメが口を挟む前に笑いが生まれる。

「ホントだ。顔とかもっとちゃんと描けよ。女も巨乳とかミニスカとかさ」

「そうそう、オタクっぽく萌え～とか言ってな」

きんもーと秋元のせせら笑いが響く。一瞬で頭の中が真っ赤に染まり、ナツメは秋元を殴り飛ばした。笑いがピタッと止み、全員がナツメを見る。

「てめえらみたいな馬鹿に、トキオの漫画は分からねえよ！」

考える前に叫んでいた。自分だってトキオの漫画をちゃんと理解したことはない。でもこんな連中に笑われるのは我慢ならなかった。自分が侮辱される以上に腹が立つ。

「トキオにはすごい才能があるんだ。お前らみたいな馬鹿とは違うんだよ。賞も獲って、東京行って、将来はすげえプロの漫画家になるんだ！」

秋元に馬乗りになってもう一発殴った。二発目を振り下ろそうとした途中、我に返った秋元の仲間に左右から押さえられた。秋元が顎をさすりながら起き上がる。

「……ざけんなよ、てめ、殺されてえのか」

ナツメの襟《えり》をつかみ、秋元が拳を振り上げる。しかし横合いからトキオが蹴りを入れて秋元を吹き飛ばした。そこからはメチャクチャだった。こっちは二人で向こうは六人。形勢は不利だが気合いでは勝っている。トキオとは呼吸がピッタリでかなりいい勝負になった。

そのうち遠くからサイレンの音が聞こえた。近所の誰かが通報したんだろう。

秋元たちが「やべー」と呟き、次々バイクに乗って逃げていく。

トキオとナツメも散らばったネーム用紙を急いで拾い、走って逃げた。四角い豆腐が並んだような市営住宅の敷地内。散々見慣れた景色に安心して走る速度が落ち、広場の前で完全に止まった。ハアハアと息を乱すナツメの隣で、トキオも肩を上下させている。

二つ並んだ古びたブランコに、縋《すが》るように座り込む。

ちらりと見ると、同じタイミングでトキオもこちらを見た。こんなときまでシンクロかと呆《あき》れつつ、唇を舐《な》めたら血の味がした。トキオのほうもシャツのボタンがはじけ飛んでいてひどいありさまだ。ぎこちなく笑うと、トキオも口端を持ち上げた。

「……ネーム、全部拾えたか？」

問うと、トキオは鞄の口を開けて中をのぞいた。踏まれたり、皺《しわ》くちゃになっている紙の束を数え、足りないと呟く。拾いに行こうと言うと、トキオはいいと答えた。

「コマ割りもセリフも頭に入ってる」

「……すごいな」

「漫画やってるやつなら普通だ。一回起こしたネームくらい覚えてる」

「俺からすると、まずそのネームとやらが作れることがすごいけど」

なにもないところから話を考え、登場人物を考え、セリフも考え、絵を描く。同じ「馬鹿」ってセリフでも性格によって表情や動きが違うだろう。色んな要素を一つ一つパズルみたいに組み立てて、人が読んで楽しめる漫画にしていく。気が遠くなりそうな作業だ。

「やっぱ、トキオはすごいな」

「得意分野がそれぞれ違うだけだろう。俺は料理は全く作れない」

「そうだけど……。それだけじゃなくて、なんていうかな」

単に職種の話じゃなく、それに向き合う姿勢のことだ。

「うまく言えないけど、俺にとってトキオは昔からあんな感じだよ」

ブランコのチェーンに腕を巻きつけ、ナツメは頭上に光る北極星を見上げた。

高校を中退してプロの漫画家になりたいなんて夢みたいなことを言うな、もっと賢くなれと諭されても、指をさして嗤《わら》われても、トキオは絶対に揺らがない。周りがどれだけグルグル動いても、夢は変わらずトキオの内に在り続ける。いつもちゃんとそこで光っている。自分にはない揺らがない強さが、ナツメはずっと羨《うらや》ましかった。

「隣同士で同じように育ったのに、ずいぶん差つけられたな」

照れ隠しでへへっと笑うと、トキオがこちらを見た。

真顔で言われ、ナツメはムッとした。

「お前は馬鹿だな」

「悪かったな。どうせ俺は普通すぎる凡人だよ」

ふんと鼻を鳴らすと、トキオが地面を蹴ってブランコを揺らした。

「俺が北極星なら、俺にとってのお前は、ひしゃく型のアレだ」

揺られながら、トキオは頭上の北斗七星を見上げた。

「無口で漫画ばっか描いてる暗いガキだった俺に、『トキオは絵がうまい』、『トキオはすごい』ってお前だけが褒めてくれた。そのたび俺は自信がついた。親父に殴られて、身体中にあざ作ってたときも、大人がみんな見ないフリする中でお前だけが助けに来てくれた」

どこにもつかまるところがない場所で溺《おぼ》れかかっていたトキオを、ナツメがひょいと掬《すく》い上げてくれた。ひしゃくみたいだろうと、トキオは口端を持ち上げた。

「さっきもだ。俺が将来すごい漫画家になるって、俺のために人に本気で食ってかかってボコボコにされてくれるやつなんか世界中でナツメだけだ。ガキのころから、いいときも、悪いときも、いつでもナツメだけが変わらない。同じ価値で俺を見てくれる」

トキオは急にブランコを大きく漕いだ。古い遊具がギイギイと音を立てる。

「好きにならないはずないだろう」

遊具が軋《きし》む音に紛れるような小さな呟きが、胸を深く締めつけた。

トキオの気持ちに、どれだけ考えても今は答えを出せない。いつか答えが出せる日が来るんだろうか。でもその『いつか』はもう来ない。自分たちの時間はもうじき終わる。

「……東京行っても頑張れよな。応援する」

言いたかった言葉。でも言えなかった言葉。それがやっと言えた。

サンキュとトキオは答えた。澄んだ夜の空気にギイギイとブランコが軋む音がする。それはしんと静まった広場に流れ出して、寂しさを伴ってお互いの胸に染み渡っていく。

お別れ、という言葉が空からゆっくり降ってきた。

トキオの出発まで、あと五日を切った。

秋元と揉めた日以来、トキオとはまた一緒に過ごしている。

今日の夕飯はトキオの好物の和食だ。昨日もそうだった。その前もそうだった。もうあと少しでお別れなのだからと、連日トキオの好きなものを作りまくっている。トキオもよく食べる。冷たい茄子《なす》の煮浸しで今日は三杯もおかわりし、食後は居間で寝転がっている。

「食ってすぐ寝たら牛になるぞ」

「牛上等」

「そうか、なら牛乳出せ、モーって鳴いてみろ」

冗談で胃の上を踏んづけると、うえっとえづかれて慌ててどけた。トキオの隣に腰を下ろして二人でのんびりする。文庫本を読むトキオの隣でナツメはテレビを見る。しかし笑い声がうるさく感じられて電源を切った。手持ちぶさたでトキオの手元をのぞき込んだ。

「その本、面白いか？」

「まあまあ」

「どんな話?」

「認知症の祖父《じい》ちゃんと中学生の孫娘が駆け落ちする話」

ヘヴィすぎて全く興味が湧かない。しかしナツメはトキオの横にねそべってページをのぞき込んだ。目で文字を追う。文脈は頭に入ってこない。触れ合ってる肘《ひじ》の温かさや、かすかな呼吸音が心地いい。トキオが本のページをめくる音だけが静かな部屋に響く。

「読みたいなら、貸してやろうか」

トキオがこちらを向いた。近い距離で視線が絡み合い、空気の密度がぐんと濃くなる。そのまま何秒か。キスされるかもと思ったが杞憂《きゆう》だった。

「そろそろ帰る」

ナツメの頭を文庫本でポンとはたき、トキオは身体を起こした。じゃあなと簡単な挨拶と玄関扉の閉まる音。ポツンと一人畳にねそべったまま、ナツメは天井を見上げた。

トキオはもうすっかり以前と同じ幼なじみに戻ってしまった。ナツメが同じ種類の『好き』を返せない以上、それしかやり方はないと思う。けれど不安なことが一つある。

トキオは、もうナツメに会わないつもりかもしれない。

別に大した理由はない。なんだかトキオの目が優しいとか、見慣れた室内をぼんやり見ているとか、ナツメの料理をゆっくり食べるとか、一つ一つは些細《ささい》なことばかりだが、今という時間を自分の中に焼きつけようとしているように見えて仕方ない。

トキオのなにげない目線一つにも、さようならという気配を感じて、それは部屋中にうっすら埃《ほこり》のように降り積もっていく。一歩歩くたび、ものに触れるたび、積もったお別れの気配は舞い上がって、ナツメの呼吸を苦しくさせる。今も、こんなに――。

手を交差させて、ナツメは顔を覆った。

そうして、長く大きな溜息をついた。

なんだか、自分がおかしい。

その日は朝から雨が降っていた。夏特有の道路に打ちつけるような強さはなく、ただささらと心地いい音を伴って降り続けている。明日、トキオは東京へ引っ越してしまう。

荷物はもう一足先に親戚の家に送られ、あとは本人が行くだけだ。

ナツメの母親は朝から遠縁の葬式に行っている。あなたも参列しなさいと言われたが、顔もよく覚えていない人の葬式より、トキオと最後の一日を過ごす方が大事だった。母親もそれは理解していて、仕方ないわねと一人で出かけて行った。

「すごい飯だな。何人分だ」

最後の日の夕飯は、トキオの好物ばかりを山ほど作った。

「俺の料理も当分食えないんだから、今夜はしっかり食べとけよ」

「そうだな。こうして飯作ってもらうのも最後だし」

なんで最後なんだよとツッコみそうになり、ナツメは慌てて笑顔を作った。

「絶対残すなよ。限界になったらそこらへん走ってもっかい腹空かせてこい」

「なんの罰ゲームだ」

笑いながら、和食にコーラで乾杯した。

「おじさん、放っておいてよかったのか。本当は一緒に飯食いたかったんじゃねえ?」

「気にするな。どうせ明日一緒に東京に行くんだ」

トキオが世話になる親戚宅に一応挨拶に行くらしい。でなくとも、トキオのところの親子関係は微妙なので、最後の晩餐《ばんさん》的なことをしても激しく盛り上がりに欠けるだろう。考えていると、箸を手にトキオがふっと思い出し笑いをした。

「昔から、誕生日とかクリスマスとかお祝い的なものは全部二人でやってきたな」

「あー……、俺もトキオんとこも母子家庭と父子家庭だしな」

「ナツメと隣同士でよかったよ。じゃなかったら、俺はとんでもなくひねくれた性格になってたと思う。昔、お前んとこのおばさんが一人飯は情操教育に悪いって言ってたろ。最初はめんどくさいって思ってたけど、結果として大当たりだった」

すごく優しい目でトキオが話す。そんな穏やかな顔はトキオには似合わない。いつもそっけない、ナツメの知っているトキオじゃないようで、なんだか不安になってしまう。

「どうした。元気ないな」

向かいからのぞき込まれ、ナツメはそんなことないよと表情を明るくさせた。それからは意識して口数を増やした。東京に行ったら芸能人に会えるかなとか、イケてるやつばっかかなんだろうなとか、楽しいけれど、どれも本当に話したいことからはかけ離れていた。

食事もどんどん進み、トキオがごちそうさまと箸を置く。

「あ、まだデザートあるから」

立ち上がると、トキオは「う」と短くうめいて腹を押さえた。ナツメは構わずに冷蔵庫からケーキを取ってきた。秘密で用意しておいたケーキのチョコプレートには、『目指せ、プロマンガ家』と書いてある。それにサービスでもらったストライプの蠟燭《ろうそく》を刺していく。

「誕生日みたいだな」

一本ずつ火をつけていくナツメに、トキオは苦笑いを浮かべた。

「いいだろ。こういうのは雰囲気なんだから。ほら、電気消すぞ」

暗くなった部屋に、蠟燭のオレンジ色の灯りが揺らめいている。トキオは照れ臭いのかすぐに吹き消そうとする。ナツメはこらこらとストップをかけた。

「消す前に、願い事言えよ」

「いいよ、そんなの」

「だめだ、言え」

トキオは渋々、しかし迷うことなく言った。

「俺は将来、プロの漫画家になる」

「お前、それ願い事じゃなくて宣言だろ」

「当たり前だ。俺はなる。それ以外ない」

力強い言葉に、ナツメは口元だけでほほえんだ。トキオらしい。

「じゃあ、次はナツメの番だな」

「俺？」

「前に料理人になりたいって言ってただろ」

「ああ……。けど、あんなのぼんやり考えてただけだし」

「じゃあ、他のことでもいいからなにか」

ナツメは考えた。願い事は一つある。でも言わないほうがいい。絶対に空気が凍る。

分かっているのに、ゆらゆらと不安定に揺れるオレンジの炎に、こらえている不安をかき立てられる。輪郭を闇ににじませたトキオが、灯りの向こうで笑っている。どうしてそんなに優しそうなんだ。なんだか全てを諦めた人みたいで、トキオにはちっとも似合わない。怒りにも似た悲しさが湧き上がってきて、ナツメは恐る恐る口を開いた。

「……また、トキオと会えますように」

オレンジの揺らめきの向こうで、トキオが顔を強張《こわば》らせた。

子どもっぽいイチゴと生クリームのデコレーションケーキを照らすオレンジの灯り。吹き消す風はいつまでも起こらず、蠟燭の丈はじわじわと短くなっていく。

「お前、もうここに帰ってこないつもりなんじゃないか？」

トキオはなにも答えない。

「俺とも、もう会わないつもりなんだろう？」

トキオはやっぱりなにも答えない。沈黙。それが答えだ。

静かな部屋でナツメの携帯が鳴った。母親からで、仕方なく通話ボタンを押した。精進落しで酒を飲んで疲れたので、今夜は遠縁の家に泊まると言われた。

「分かった、うん、こっちは大丈夫。はいはい、おやすみ」

携帯を切ると、トキオが目で問いかけてくる。

「母さん、向こうに泊まるって」

「……そうか。じゃあ俺もそろそろ帰る」

なにが「じゃあ」なのか分からない。トキオが立ち上がり、ナツメは思わずその腕をつかんだ。トキオが苦しそうに眉をひそめる。

「ナツメ、もう、俺を振り回さないでくれ」

「どっちがだよ。振り回してんのはトキオのほうだろ」

そうとしか思えない。いきなりキスをされて、告白をされて、何年もかけて作り上げた城をぐちゃぐちゃに崩されて、なに一つ修復せずにトキオは東京に行ってしまう。そして多分もう帰ってこない。これを理不尽だと思うのは間違ってるんだろうか。

「トキオは、ずるい」

「……分かってる。悪いと思ってる」

「ウソだ、分かってない」

ナツメはつかんだ腕に力を込めた。

「俺は親友失くそうとしてんだぞ。つか失くしたんだぞ。俺が好きとか、全部お前の勝手じゃねえか。なんでだよ。俺のほうがかわいそうだろう。お前が俺を好きだってだけで、俺はお前に切られんだぞ。なんでだよ。納得できるわけねえだろ。俺の親友返せよ」

言ってるうちに悔しさが込み上げてきて、涙がこぼれた。

恋とか愛とか言われても分からない。

ただトキオを失うんだと思うだけで泣けてくる。

「……悪い」

トキオはそればかりを繰り返した。でもトキオが悪いわけじゃない。分かっている。好きになってくれない相手のそばに、友達としているなんて考えただけで苦しすぎる。

「……最後になるんなら、今夜くらい一緒にいよう」

トキオの腕をつかんだまま呟いた。残酷なことを言っている。でもそっちの都合で切られるのだ。最後に一つくらいわがままを言っても許されるはずだ。どうか断らないでほしい。

しばらく時間が過ぎたあと、トキオはふうっと蠟燭に息を吹きかけた。

オレンジの灯りは全て消え、ナツメの願い事は叶えられた。

後片付けもせず、二人でナツメの部屋に行った。閉め切っていたのでムッと暑い空気がこもっている。窓を開け、服のまま二人でシングルベッドにもぐり込んだ。

「……狭いな。このベッド、こんな小さかったっけ」

トキオが呟いた。中一のときにナツメはベッドを買ってもらい、ずっと布団で寝ていたせいで珍しさから初日はトキオも泊まりに来た。そのときはまあまあ余裕もあったのに。

「お前がでかすぎるんだよ。昔はチビでガリだったのに」

「ナツメはあんまり変わらないな」

「ウソつくな。春に測ったとき百七十三センチあった」

「俺は百八十センチ以上あった」

ムッとして、布団の中でナツメはトキオの足を蹴った。トキオも蹴り返してくる。なにが楽しいのか子どものころみたいにクスクス笑いながら、閉め切ったクーラーのない部屋で髪の生え際や首の後ろを汗だくにさせた。クスクス笑いながら、また涙が出てきた。

「……泣くなよ」

格好悪い。恥ずかしい。やっぱり『ナツメはあんまり変わらないな』だ。どうして笑って見送れないんだろう。ひっと呼吸を引きつらせると、おずおずと抱きしめられた。

「頼むから、泣かないでくれよ」

こっちも好きで泣いているわけじゃない。止まらないのだ。悲しすぎるのだ。

「どうしよう、トキオ、俺、めちゃくちゃ寂しいよ、どうしよう……」

どうしよう、どうしようと泣きながらしがみつくと、トキオの頬も濡れていた。ナツメみたいに息は乱していない。黙って泣いて、ただ痛いほど力を込めてくる。長い間、じっと二人で抱き合っていた。嵐の夜の子どもみたいに、ぎゅっと、離れないように。

「……ナツメ」

ふと名前を呼ばれた。

「……一回でいい。明日になったら、全部忘れるから」

なにを、とは聞かなかった。ナツメは洟《はな》をすすって、暗闇に溶けそうなトキオを見つめた。そんなことは間違っているし、そんなことをしても意味がないし、あとで余計につらくなるだけだ。なのに間違っていていいし、意味がなくても構わない。あとでつらくなっても今のつらさよりはマシだと思えてしまう。若い。そして馬鹿だ。

「いいよ」

答える声が震えた。抱き合っていた身体に少し隙間が空いて、それをまた埋めるようにトキオが顔を寄せてくる。唇が触れ合って、目を瞑《つぶ》ると一気に深くなった。

トキオが覆い被《かぶ》さってくる。体重を乗せた重いキスが息苦しい。唇をこじ開けるようにして舌が入ってくる。わずかに戸惑いが生まれた。でも逃げなかった。

シャツの下で大きく節ばった手が這い回る。

脇腹から腰のラインを幾度も往復されて、なじみのない感覚に身体がよじれた。服の下で彷徨《さまよ》っていた手がボタンにかかる。うまく外せないようで、その場所で苛々と停滞したあと、ぶつりと糸の切れる音がした。ボタンはどこかに飛んでいったようだ。

一緒に理性の糸も切ったように、トキオの手がせわしなく動く。

ナツメの衣服を全てはぎ取ったあと、トキオは自分の服も脱いでいく。一秒でも時間が惜しいのだと、乱暴にシャツを投げ捨てる手が告げている。いつも飄《ひょうひょう》々としているトキオが、今は余裕の欠片もなさそうだった。煽《あお》られるみたいにナツメの鼓動も速くなる。

「……死ぬほど好きだ」

覆い被さりながらの告白は首筋に着地した。熱っぽい息を吐き出す唇が、首筋から顎、肩のラインを辿《たど》っていく。進路を左肩に変えて、そこでふいに止まる。好きだと繰り返し告げながら、幾度も肩口に唇が押し当てられる。ナツメは目を閉じた。

——北斗七星。

七つのホクロをつないだひしゃくの星座に、キスをされた記憶が蘇《よみがえ》る。

もうすっかり忘れていた。もしかして、あんなチビのころからトキオは自分を好きだったのだろうか。何年前だ。六年？　七年？　まだ十七年しか生きてない自分たちには気が遠くなりそうな時間に思える。涙がにじんで、肩口に張り付いているトキオの頭をかき寄せた。

「ナツメ？」

ごめんとしか言えなかった。自分から口づけて、きつくトキオを抱きしめる。たかがそれだけで、絡まり合った足の間でトキオは性器を大きくさせた。

「……っ」

左の胸に顔を伏せられ、不意打ちの刺激に身体が跳ねた。見えなくても感覚でなにをされているか分かる。最初は遠慮がちについばまれていたものが、いつしか全体を含まれて、舌先で小さな粒を弾かれたり、反対側にも指が触れて転がされる。

刺激を受けるたび、ビクンと身体が跳ねる。

短い、ブツ切れの言葉にならない声の欠片も飛び出す。

今まで、そこにあるとも意識したことのない器官を吸われるたび、むずがゆいような感覚が生まれる。こんな感覚は知らない。神経がじりじりと焦げそうに恥ずかしい。

男同士で身体を重ねるとはこういうことかと、今さら思い知った。

少し想像すれば分かることを、なぜか女の子とするような感覚しかなかった。

ナツメがこういう行為をしたのは、過去につきあった女の子と一度だけだ。そのときのことを思い出すと、今でも苦さが湧き上がる。快感に辿り着く前に、ひたすら滑稽《こっけい》な作業にいそしみ、それまでのふわふわした淡い気持ちの上に、汗や、喘《あえ》ぎ声や、生々しい原色をべったり塗りつけられたような不快感が拭《ぬぐ》えず、結局、自然消滅してしまった。

子どもだったと思うし、本当には好きじゃなかったのだ。

今、トキオとしていることも滑稽だ。

多分、あの子とした行為よりも、もっと、ずっと、何倍も。

なのにあのときに感じた、俺、なにしてんだろう、という我に返る瞬間がない。そんな疑問を挟む余裕がないくらい、次々生まれる覚えのない刺激に翻弄《ほんろう》される。

左の胸にトキオが歯を立てた。甘噛みだったのに、腰の奥まで響いた。いくら刺激されてもなにも感じないと思っていた場所が、少しずつ疼《うず》きだしてくる。

重なった身体の中心で、少しずつナツメの性器も芯を持ちはじめた。胸など弄《いじ》られて興奮していることを知られるのは恥ずかしい。ナツメは身をよじって下半身をずらそうとした。けれど逆に押さえ込まれ、伸《の》し掛かる体重がずるずると下に移動していく。

「トキ……お、おいっ」

肩を押して抵抗したがびくともしない。内股に手をかけられ、温かく濡れたものが、性器に触れる。ぴちゃりと音がして、鳥肌が立つような戦慄《せんりつ》が背筋を伝った。

「……や、めっ」

生き物のような舌が茎を辿りだす。どうしようもないほどの期待感を伴って、じわじわと先へと昇ってくる。ついに性器の頭を包み込まれて、のけぞった。

「っん……、んっ」

子犬が鼻を鳴らすような甘ったるい息が漏れる。そんな場所を舐められるなんて、顔から火を噴きそうなほど恥ずかしい。なのに快感が勝っている。止めてほしくない。

感じやすいくびれ辺りをなぞられ、押しのけようとする手から力が抜けていく。

舌の動きにつられてトキオの頭も小さく揺れ、長目の髪が内股をチラチラくすぐる。些細な刺激ですら、ナツメの身体はひどく敏感に感じ取ってしまう。

どんどん熱が集まって、もう長くは保ちそうにない。お願いだから離してほしい。途切れ途切れに訴えたのに、もっと強く腰を抱え込まれた。先端をすっぽり含まれて、小さな窪《くぼ》みを吸われた瞬間、全身の血がそこに集まるような感覚に襲われた。

「……っ、や、出る……っ」

膝《ひざ》から下だけをバタバタ振り回して抵抗する中、ぎゅっと目を瞑った。

ドクリと中心が大きく脈打って、熱が放出される。

「……んっ、あ、あ……っ」

すごい快感だった。放出されたものをトキオは当たり前のように呑み込んでしまい、キュッと喉《のど》奥が引き絞られるたび、刺激でまたビクリと腰が跳ねてしまう。

全て解き放ってしまうと、ゆっくりとした下降がはじまる。全身から力が抜けて、代わりに羞恥が蘇ってくる。恥ずかしさで死ねるなら、今すぐ死ねると思った。

「……ナツメ」

トキオが覆い被さってくる。顔を見られたくなくて、ナツメは咄嗟に手を交差させて顔を隠した。けれどあっさり引きはがされる。唇を避け、額や頬にばかり口づけが降ってくる。口でした直後なので、気を遣っているのかもしれない。

骨張った大きな手が、粘土をこねるみたいに顔や髪をまさぐってくる。目で見ているよりずっと大きなトキオの手の中で、身体も心もぐちゃぐちゃにされてしまう。

汗で濡れた髪の生え際や、小さな耳たぶや、上気した頬。

細かくしるしをつけるようなキスの中で、何度も自分の名を呼ぶ声を聞いた。

トキオはこんな声だったろうか。熱っぽく湿っていて、とても低い。顔が見えない暗闇の中では、知らない誰かみたいで不安になる。ナツメは自分に伸し掛かる影を押し返した。

距離を取ると、やっとトキオの輪郭が浮かび上がった。

夜の薄闇よりも黒いカラスみたいな髪、裾《すそ》がピンと一筋はねたシルエット。

——よかった、ちゃんと俺のトキオだ。

ホッとした瞬間、なぜだか涙が込み上げてナツメは焦った。慌てて拭うが、どんどんあふれてくる。全然泣くシーンでもないのに、照れ隠しで笑おうとしたときだ。

「……悪い」

トキオが呟いた。すぐに身体を起こし、ベッドの下に散らばっていたナツメのシャツを拾い上げる。ほらと渡されて戸惑った。ついさっきまであんなにピッタリくっついていたのに、いきなり放り出された気分だった。

「……トキオは？　その、しなくていいのか？」

馬鹿みたいな質問がこぼれた。

「いくらなんでも、ナツメにしてもらおうなんて思ってない」

トキオの声には自己嫌悪がにじみ出ていた。

「舞い上がりすぎて、途中でわけ分からなくなった。怖がらせて悪かった」

ナツメは呆然とした。肩を押し返したことや、泣いたことをトキオは別の意味に受け取っている。そうじゃないと否定する前に、「でも」とトキオが言った。

「俺はすごい嬉しかったし、いい思い出になった。ごめん、ありがとう」

思い出という言葉に、ナツメの肩からカクンと力が抜けた。

ああ、そうだ。自分たちは明日でお別れだった。

じゃあ、さっきのはお別れの儀式みたいなものか。

そう思うと、急激な恥ずかしさに襲われた。なにその気になってんだとか、テンパってるのは自分じゃないかとか、そして半端なことをした分、寂しさの嵩《かさ》は増していた。

触れ合う前以上に、このままトキオと別れたくないと思っている自分に気がつく。前につきあった子とは、そうならなかった。逆に寝たことで距離ができてしまった。この違いはなんだろう。考えたいから、もう少し時間が欲しい。

あと一ヶ月、せめて一週間。一生懸命考えるから、そうしたら、トキオに対するこのモヤモヤした気持ちの正体が分かる気がする。なのにもう時間がない。タイムアウト。

こんな瀬戸際になって、さらなる崖っぷちに立たされるなんて思わなかった。

暗闇の中で、二人は黙って服を着た。

そうして雫《しずく》が垂れそうなほど蒸し暑い部屋で、寄り添いあって瞼《まぶた》を閉じた。もうなにも話すことがない。残された時間は短くて、どうせ答えが出ないならもうなにも考えたくない。これ以上、無駄に気持ちを揺らしたくない。

時間の絶対さ、というものを初めて感じた。無限にあるようで、必要なときほど足りなくなるもの。あとになって振り返ると、無駄にしてしまったような気がするもの。けれどそれらは全て主観で、実際はただ、ゆるゆる、さらさら、どうどうと流れていくもの。

願いが一つ叶うなら、昔に戻りたい。

自分の肩にひしゃく型の星座があるんだと、初めてトキオに教えられた夜の辺りまで。

目が覚めると、ベッドにはナツメだけだった。

トキオは窓辺でぼんやりと外を眺めていた。猫背の三角座りで、膝にだらりと腕を乗せている。長い足。長い腕。心持ち顎を反らして、顔を斜めにかたむけている。

「……トキオ」

声をかけると、トキオは目だけでこちらを見た。

「天気、よさそうだな」

明るい日差しに引っ越し日和かと思ったが、トキオは曖昧にどうかなと呟いた。

ナツメは起き上がり、トキオのそばに行った。「隣、いい？」と問うと、無言でポンポンと畳を叩く。子どものころと変わらない仕草。ナツメはトキオと同じ三角座りで腰を下ろした。

「本当だ。微妙だな」

網戸越しに空を見上げて、ナツメは首をかしげた。東の空は夜明け色のサーモンピンクに染まっているのに、山側から分厚い灰色の雲が押し寄せてきている。山の中腹は薄暗いのに緑が濃くて、すでに雨が降っているのだと分かる。

「多分、通り雨だろう。雲の流れが速い」

トキオがどうでもよさそうに言う。東の空から真っ赤な太陽が昇ってくる。鮮やかすぎるオレンジが差し込んで、カラスみたいに真っ黒なトキオの髪の輪郭が赤銅《しゃくどう》色に光った。

太陽、がんばれ。心の中で呟いた。意味はない。

けれど二分割された空の真ん中で、暗い雨雲が徐々にオレンジの光を呑み込んでいく。

「あ」

二人同時に呟いたとき、ポタンと一粒降ってきた。

夏の雨は一瞬で勢いを増す。あっという間に空は灰色の雲に征服され、ポツポツがボトボトという重い音に代わり、やがて叩きつけるような斜めの弾丸で世界を塗り替えていく。

ついさっきまで、あんなに綺麗《きれい》な夜明け空だったのに。

半分開け放した窓から、跳ね返った飛沫《しぶき》が部屋の中まで濡らしていく。

窓を閉めようとナツメは手を伸ばした。でも届かない。んっと無理して伸ばすと横からトキオの手が伸びてきて、するすると窓を閉めた。長くてしなやかな腕が、空気を泳ぐみたいに身体の横に戻ってくる。そして隣のナツメの手にわずかに触れた。

ほんの少し。ちらりと。なのに心臓は大きく揺れて、もう一ミリも動けなくなった。

ダダダとドラムみたいな雨音に、うるさい心臓の音がかき消されて助かる。

夜明けのグレイの空から激しく雨が降る。

それもいつか止んで、また太陽が顔をのぞかせる。

当たり前のことなのに、それを自分たちに当てはめて考えることすらできない。

青空は永遠に輝くと信じられるし、降り出した雨は永遠に止まない気がする。

今の自分たちにとって、未来は柔軟さのない宝石みたいなものだ。

キラキラ光って、触るとひんやり冷たい。

明け方に降り出した雨は三十分もせずに止んだ。上空の強い風が雲を吹き飛ばし、今ごろはどこか別の町に雨を降らせているんだろう。

「時生《ときお》、タクシー、表通りで拾うから」

父親に声をかけられ、返事代わりのうなずきを返してトキオが歩き出す。

その横をナツメも並んで歩く。表通りまでは三分程度、すぐに着いてしまう。

昼前、太陽は真っ白に輝いて二人を真上からじりじり焦がす。荷物は全て送ってしまったので、トキオの手荷物はわずかだ。使い込まれた紺のメッセンジャーバッグに足元はサンダル履き。あんまり普段と変わらないので、またすぐ帰ってくるような気がする。

見慣れた表通りまでの道を、二人で黙ってダラダラ歩く。

話したいことはある。でもありすぎてどれから手をつけていいか分からない。

トキオは昨夜の行為を同情だと思っている。ナツメ自身はよく分からない。友情以上なのは確かだと思う。でも恋だと断定できない。やっぱり宙ぶらりんで苦しいままだ。

「そういやトキオの漫画、雑誌に載るのいつだっけ」

やっと会話の糸口が見つかった。

「秋。十一月に出る号」

「そっか。絶対買うからな」

隣を見上げると、トキオはなぜか困ったような顔をした。

「いいよ、別に」

「なんだよ、今さら恥ずかしがるなよ」

「違う。ナツメには読まれたくない」

「え」

一瞬、虚を突かれた。

すぐに「なんだよ、それ」と無理矢理笑った。

こんなときは笑うしかない。

なのに、笑っただけで次の言葉は出てこない。

たった一言で、ざっくり傷ついている。そういう自分を持て余す。

拗《す》ねた子どものように自分のサンダルの先を見た。街路樹の木々の隙間から透明な光の筋が落ちて、足元には濃い影ができている。夏がそこかしこに散らばっている。

「高校卒業したら……」

トキオが呟いた。

「……したら?」

ナツメは続きを促した。さりげなさを装って、でも胸が小さく鳴っている。

もし東京に来ないかと言われたら、絶対にうなずく。

早く言え。絶対うんと言うから。けれどトキオは続きをなかなか言わない。だったら自分から言えばいい。なのに自分も口にできない。時間だけがサラサラこぼれていく。

「おーい、車、つかまったぞ」

遠くから声が響いた。先を歩いていたトキオの父が、タクシーの隣に立ってこちらに手を振っている。すぐ行くと伝えてから、トキオはナツメを見た。

「じゃあ、行くから」

さっきの続きはもう聞けない。

「電話とかメール、するから」

少し待ったが、トキオは「俺もするよ」とは言わなかった。

「……じゃあ、元気で」

そう言うしかなかった。残り時間は綺麗さっぱり使い切ってしまった。

なんの約束も交わさないまま、トキオはタクシーへと歩き出した。

遠ざかっていく猫背の後ろ姿を、ナツメはぼんやりと見送った。

裾のよれたTシャツ。年季の入った紺のメッセンジャーバッグ。サンダルの足元。散髪が嫌いで、伸びっぱなしのカラスの濡れ羽色の髪。裾が一筋はねていて、それが不思議と魅力になっていた。いつもと変わらないトキオが、タクシーに乗り込む。

トキオは一度も振り向かなくて、襟足の一筋はねている髪に向かって、ナツメはバイバイと手を振った。見慣れた市営住宅脇の通りを、タクシーが静かに走っていく。

頭上では、じりじりと我慢強い蟬が鳴いていた。


その秋、トキオの漫画が雑誌『パノラマ』に掲載された。

タイトルは『夏雨』。

横に小さく、なつめ、とひらがなが振ってあった。

恋愛前夜

1

不安定で不定形な光が、頭上の木々から煌《きら》めきながらこぼれてくる。

眩《まぶ》しすぎる木漏れ日がストロボを焚いた瞬間みたいに、あるシーンを一瞬切り取る。

襟足《えりあし》で一筋だけはねた髪と、一度も振り返らなかった猫背の背中。

八月だった。夏休み最後の日曜だった。とても暑かった。

頭上ではじりじりと蟬《せみ》が鳴いていて——……。


遠くで駅名のアナウンスが流れ、ナツメはハッと目を開けた。

いつの間にかうとうとしていたらしい。停車している新幹線の通路を、荷物を手にした人たちが出口へ歩いていく。慌てて窓越しに確認した駅名は『新横浜《しんよこはま》』で、ナツメはホッとしてまたシートにもたれた。東京《とうきょう》まであと一駅。

目を瞑《つぶ》ると、さっき見ていた夢が鮮やかに蘇《よみがえ》る。

繰り返し、繰り返し、もう何度見ただろう。

トキオと別れた日から一年と九ヶ月が経った。連絡は一度も取ってない。

ナツメからは電話もメールもしたが、トキオからの返事が来なかったのだ。

メールを送ったその日は返事が来ず、翌朝起きて一番に携帯を確認して、新着メールがなかったときのショックは忘れられない。それからしばらく携帯ばかり確認する日が続いたが、どれだけ待ってもトキオからの返信はなかった。

トキオは東京で、自分はこっちで、それぞれ変わっていくのだなと思った。

そのうち今のこんな切ない気持ちも忘れてしまって、何年後かに会って、久しぶりなんて普通に笑い合って、そのとき、もうあの夏の夜のことは笑い話になってるんだろう。昔はそんなこともあったななんて、若かったよなんて言い合って。

そんな風に、一度は冷静に考えることができた。

けれど寂しさは時間が経っても一向に薄れなかった。

トキオが東京に引っ越して最初の正月、トキオは帰ってこなかった。予想していたのに改めてショックを受け、どうして帰ってこないんだと感情的なメールを送った。やっぱり返事はなく、ゴールデンウィーク、お盆休み、トキオの影すら踏めない休暇のたび、少しも鮮度の落ちない衝撃にやられ、どうしてこんなに傷つくんだろうと考えさせられた。

ちょうど高三の秋で、受験の焦燥と一緒にもうすぐお別れという感傷に押されて、学校では毎日あちらこちらで告白や別れ話が持ち上がってにぎやかだった。

ナツメも数人から告白され、でも心の針はピクリとも振れなかった。ナツメの胸には、今でも去って行くトキオの後ろ姿が焼きついている。あの日の蒸し暑い空気の匂いすら思い出せるほど鮮明で、それを上書きできる誰かがいる気がしない。トキオ以外には。

――なあ、俺は、お前が好きなのか？

携帯にトキオの番号を呼び出して、色んなことを考えた。

連絡しても返事がないということは、逆に言うと、トキオがナツメを忘れていない証拠のようにも思える。もうなんとも思っていないなら、気軽に連絡くらい寄越すだろう。かたくなに連絡を拒まれることが、自分たちの間に渡された唯一の細い糸に思える。不安定で、いつ切れるか分からないそれを伝って行くには勇気がいる。

けれど、それでも――。

ナツメが東京で就職したいと言い出したとき、母親も教師も驚いた。ナツメの高校では東京へ進学する生徒はいても、就職はほとんどが地元だ。担任が慌てて資料集めに走り回ってくれたおかげで、関東エリアで飲食店を展開している会社に就職が決まった。

実際の職場は都内の和食料理店で、調理スタッフとして配属される予定だ。ほぼ希望通りの就職と言っていい。けれどそれだけだったら地元にも食い物屋くらいはある。一体全体、どうしてわざわざ東京なのかと担任や友人に問われたが、本音は言えなかった。

頭の中はもう、トキオに会いたい、それ一色だった。

ここまで来たらもう、恋愛として『好き』なんだと認めるしかない。

離れてやっと気持ちが分かったなんて、ありがちすぎて格好悪いけれど。

春から東京で暮らすことを、トキオにどう伝えよう。電話かメールか。迷った末どっちも止《や》めた。ずっと連絡を取っていなくて、その間のことを短くまとめられる自信がない。

いきなり訪ねたらトキオは驚くだろう。だからちゃんと話をしようと、いや、してほしいと頼むつもりだ。時間がかかってもいいから、この一年と九ヶ月の空白を埋めていきたい。

大丈夫だ。今度こそ、自分たちには時間がある。

ナツメは足元の鞄《かばん》から古い漫画雑誌を取り出した。

一昨年の秋に出た『パノラマ』。本屋で初めてトキオの漫画を見たときは、自分のことのように緊張で足が震えた。動揺して赤い顔でレジで金を払い、走って帰って、着替えるのももどかしく制服のままベッドに飛び乗り、夢中でページをめくり――。

読み終わったとき、ナツメは泣いていた。

トキオの初掲載の漫画のタイトルは『夏雨』。

それは確かに以前聞いた通り『雨乞いの話』で、でも想像とは百八十度違った。

今は昔、ある小さな村がひどい日照りに襲われた。いつ果てるともない乾きの中で、やっとそれは来た。空を雨雲が覆い、最初の一滴が幼い子どもの手のひらで弾け、その瞬間、幼い子どもは天から降る恵みに恋をした。成長した子どもは、あのときの夏の雨を追いかけて日本中を旅して回る。どれだけ追いかけても手に入ることなどない。分かっていても、乞うことを止められない。乾いた大地に降る雨に恋をした、愚かな男の物語だった。

別れたあの日、ナツメには読んでほしくないと言ったトキオの困った顔を思い出した。日照りに苦しむ描写から、身体中に青あざを作ってじっと耐えていた幼いトキオの心の内が透けて見える。干からびた唇で必死に雨を乞う男の姿から、当時のトキオの自分への気持ちが胸に突き刺さってくる。全てのページにトキオの気配があふれている。まるで血や肉だ。トキオにとって漫画を描くということは、こういうことなのかと初めて理解した。

そのあと、トキオの漫画は三ヶ月か四ヶ月に一度の割合で載るようになった。

直接ナツメを匂わすような内容の話はもうなかったが、新進気鋭とか大型新人という煽《あお》りを見るたび、自分のことのように嬉《うれ》しくなった。そうやって心を揺らすたび、トキオへの気持ちを確認していった一年と九ヶ月だったように思える。

考えていると車内アナウンスが流れた。もうすぐ東京、トキオの暮らす街に着く。


十八になるのを待って、トキオは親戚の家を出て一人暮らしをはじめた。

ナツメは携帯のナビ機能を頼りに、トキオの父親から聞いた住所へ向かった。

中央線のK駅から徒歩十五分、古い建物がひしめく中、こんなところにと思うような裏通りに古着屋やしゃれたカフェ、ライブハウスがある。地方から出てきたナツメの目には全てが東京っぽく映る。丸きりお上りさんの見物がてら、辿《たど》り着いたのはえらく年季の入ったアパートだった。二階の奥の部屋に、防犯上か、カタカナでナカムラと簡単に書かれただけの表札。

ここだ。心臓が大きく揺れ、一つ息を吸う。

騒ぐ胸をなだめながらチャイムを押すと、室内からドタバタと人が移動するような音が聞こえた。よかった、トキオはいるらしい。もしいなかったら出直そうと思っていたのだ。しかし結構待たされる。緊張が高まって鞄の持ち手をぎゅっと握ったとき、ドアが開いた。

互いに目を見開いたまま、三秒ほど世界が静止した。

「……ナツメ?」

ほぼ二年ぶりに見る幼なじみは、顔の輪郭が縦長になって幼さが抜けたようだった。全体的に細めの骨格は変わらないが、ナツメの記憶よりも随分と男っぽくなっている。

「ひ、久しぶり、俺、ナツメ」

間抜けな第一声になった。色々と考えていたのに恥ずかしい。ほんのり頬《ほお》を染めるナツメの前で、トキオはにこりともしない。

「どうしたんだ、いきなり」

「あ、えーっと、話すと長くなるんだけどさ」

そこで一旦止めて、部屋に招き入れてもらえるタイミングを作った。しかしトキオはドアノブに手をかけたまま動かない。沈黙と一緒に気まずさが漂った。明らかに迷惑がられている。

「えっと、いきなり来てごめん」

とりあえず謝った。膨らんだ風船からしゅーっと空気が抜けていくみたいだ。

「別に大した用事じゃないんだ。……ってことで、じゃあな」

踵《きびす》を返すと、腕をつかまれた。動揺しているトキオと目が合う。トキオはすぐ我に返ったように表情を消し、ナツメの腕を放り投げるように離した。

「せっかく来たんだし、入れよ。ちょっと取り込んでるけど」

「忙しいならまた出直してくるよ」

しかしトキオは振り向きもせず部屋に戻って行く。

少しの後悔を抱えながら、ナツメはおじゃましますと小さく呟《つぶや》いた。

狭い玄関で靴を脱ぐ。室内も外観から想像する通りの古さだった。雑誌や漫画の道具が所狭しと置かれていて、足の踏み場もない六畳は畳敷きで今どき砂壁。木枠の窓はモザイク模様の磨りガラスで、よく言えば昭和レトロな雰囲気があるとも言える。

「言うの遅れたけど、今、人が来てるから」

トキオが言い、ナツメは驚いた。

「え？　どこ？」

雑然とした室内を見回したとき、

「こんにちはー……」

と聞こえ、ナツメはビクッと肩を震わせた。なんだ、今の消えそうにか細い声は。トキオじゃない。せわしなく目を動かしていると、ガタガタと音を立てて押し入れの戸が開き、中の暗闇から、白くて細い手がにゅーっと突き出てきた。

「うわあああああっ」

その場から飛び退くナツメの目の前で、細い腕のその先、金髪のサダコみたいなのがずるずると這《は》い出てくる。恐怖で引きつりながら、ナツメはすぐ後ろに立っているトキオを縋《すが》るように見上げた。

「……俺の漫画の師匠で、小嶺《こみね》ヤコ先生だ。ヤコ先生、こっちは幼なじみの萩原《はぎわら》ナツメ」

トキオはしかめっ面で両者を紹介した。

「師匠？」

恐る恐る見ると、金髪サダコが髪をかき分けた。びっくりするほど整った男の顔が現れる。

「初めまして。本名は山田貞行《やまださだゆき》です。でも死んでもその名前で呼ばないでね」

年は三十前後か、ピンクのカリメロTシャツを着た金髪ロン毛の山田貞行、いや、ヤコ先生は「よろしくね」とラブリーに首をかしげた。

「あー、よかった。担当がこんなとこまで追いかけてきたのかと焦って隠れちゃった。安心したらお腹空いちゃったな。トキオ、僕、オムライス食べたい」

語尾にいちいちハートマークがつきそうな喋《しゃべ》り方。多分この人はアレだ。最近テレビでよく見るオネエ系。本物を見るのは初めてで、さすがに東京だとおかしな感心をした。

「そんなもん、うちにはありません」

「じゃあ、テイクアウトしてきて」

あっさり言ったヤコ先生の前にトキオはしゃがみ、唐突に頬を左右に引っ張った。

「いひゃい、ひゃめて、ひょきお」

「オムライスより、今はネームが先でしょう」

トキオは引きちぎるようにヤコ先生の頬を離した。師匠に対してすごい態度だ。

「ひ、ひどーい、いたーい、トキオの馬鹿っ」

ヤコ先生は芸者座りで、涙目になってトキオをにらみつける。

「そもそもネームは頑張ればできるってもんじゃないんだよ。トキオも漫画家の端くれならそれくらい分かるだろ。手塚《てづか》さんからは電話鳴りっぱなしだし、無視すると家まで来るし、大体あいつ編集のくせに『手塚』なんて神さまチックな名前がずるいよ。手塚治虫《おさむ》ファンの僕に喧嘩売ってるよ。どうせ僕なんて手塚先生に比べたら屁みたいな存在だよ。ぷーだよ、ぷーぷー。そもそも僕みたいなぷーが漫画描いてるなんて手塚先生への侮辱なんだよ〜っ」

機関銃のように言葉を撃ちまくり、ヤコ先生は畳に芸者座りのまましくしくと泣きはじめた。全く状況が呑み込めないナツメの横で、トキオは腕組みで天井の染みなどを眺めている。

「お、おい、なんとかしろよ、お前の師匠なんだろう」

「いいんだ。この人はいつもこんなだから、放っておけば勝手に泣き止む。ネームに詰まるのも、追い詰められて家出してくるのも、メソメソ泣くのもいつものこと、百パー平常運転」

「これが平常運転？」

呆《あき》れていると、ヤコ先生は涙でぐちゃぐちゃになった顔を上げた。

「……トキオ、ひどい。それが彼氏の言いぐさなの？　そこに愛はあるの？」

——え？

瞬間、ナツメは固まった。彼氏？　愛？　言葉が頭でグルグル回る。回るだけで意味はさっぱり入ってこない。受け入れることを感情が拒否しているみたいだ。

ちらっとトキオを盗み見た。怖くてちゃんと確認できない。すぐに普通りになれるなんて思っていなかった。でも、こういう可能性は全く考えていなかった。

「もうトキオなんて知らない！　漫画も描かない！　僕もう引退する！」

ヤコ先生は貝のように畳に丸まり、トキオはやれやれと溜息《ためいき》をついた。

「大丈夫、ヤコ先生ならできますよ。絶対に」

そう言い、トキオはヤコ先生の頭にポンと手を置いた。

——あ……。

なにげない仕草だったが、『ポン』の瞬間に生まれた微妙に甘い空気で分かってしまった。

トキオは、この人と、本当につきあっている。

石像みたいに固まったまま二人を見つめていると、ナツメの鞄の中で携帯が鳴った。ノロノロと取り出すと、最終面接の会場で親しくなった吉田《よしだ》からだった。東京に出てきたら遊ぼうと約束をしていたので多分それだろう。でも今は気分じゃない。断ろうと電話に出た。

「倒産したぞ！」

もしもしと言う前にすごい声が響いた。ぼうっとしていた頭がやや覚める。

「え、なに？」

「俺らの会社、倒産したんだよ！」

わずかな間を空けて、ナツメの頭は完全に覚醒《かくせい》した。

吉田は保険関係の書類に不備があり、たまたま今日、本社に書類を届けに行って知ったらしい。本社ビルのシャッターは平日の昼間にもかかわらず降りていて、倒産を告げる貼り紙がしてあった。人事部に電話を入れたら辛うじてつながったが向こうもパニックで、とにかく倒産は事実だということしか確認できなかった。

「どうすんだよ。俺、もうこっちに出てきてるぞ。住むとこだって社員寮なのに」

と訴えても、吉田がどうこうできるわけじゃない。とりあえず知らせてくれただけでもありがたかった。電話を切ると、トキオとヤコ先生が真顔でこちらを見ていた。

「もしかして、こっちで就職決めたのか」

トキオの問いに、ナツメはうなずくこともできない。まだ頭の中が整理できないのだ。けれど呆然《ぼうぜん》としたその様子は、トキオの質問を雄弁に肯定した。

「で、その会社が倒産しちゃったの？」

ヤコ先生の問いに、ナツメはやっとノロノロとうなずいた。続く沈黙。一体これからどうすればいいのか。ショックでぼけっと座り込んでいるとトキオが立ち上がった。

「とにかく、事実かどうか確認するのが先だ」

「そうだよね、お友達の勘違いって可能性もあるし」

二人に引きずられるようにナツメはタクシーに乗せられた。心機一転で地元を出たのはつい何時間か前なのに、恋も、仕事も、描いていた予想図はみるみる色を変えていく。


吉田の情報は正しかった。シャッターの降りた本社ビルの前には取引先や社員らしい人垣ができていてちょっとした騒ぎになっている。ナツメは輪の外に立ち尽くした。

「今日、泊まるところは？」

トキオが隣に立つ。ナツメは首を横に振った。

「今日から社員寮に入るはずだったんだ。明日荷物が届く予定になってて……」

言葉にして、ますます途方に暮れた。俯《うつむ》きすぎて自分の靴しか目に入らない。

「とりあえず荷物は送り返してくれるよう業者に連絡しろ」

そうだ。宅配便に連絡を入れないと荷物が迷子になってしまう。

「で、お前は実家に帰れ」

「え？」

ナツメは思わず隣を振り仰いだ。

「仕方ないだろ。倒産した会社の社員寮なんて入れないし、今夜寝るところもないんだから」

トキオの言うことはもっともだ。でも……とナツメは自分の靴先をじっと見た。

「まあまあ、ちょっと待って。トキオは漫画家のくせに人の気持ちが分かってないよ。就職決めて上京したその日に倒産だよ？　幼なじみならまず励ましてあげるのが先でしょ」

ヤコ先生がトキオを叱《しか》り、ナツメは急な恥ずかしさに襲われた。いきなり連絡もせずに訪ねてきた挙げ句、倒産騒動に巻き込んで、今夜寝る場所もないなんて——。

「い、いいんです。俺、適当に自分でなんとかしますから」

「適当にって、お前、帰らないつもりか」

責めるような口調にさすがにムッとした。

「俺だって色々あるんだよ。初日からすごすご帰れるか」

母一人子一人、ずっと助け合って生きてきたのだ。東京で就職すると言ったとき、母親は寂しかったはずだ。でも男の子だから仕方ないわよねと笑って送り出してくれた。給料が出たら仕送りすると言ったら、そんなこと考えずに自分のことだけ頑張れと言ってくれた。

「まあねえ、親御さんのこと考えたら打ち明けにくいよね」

ヤコ先生が気の毒そうに言った。頬に手を当て、小指だけがピンと立っている。

「大丈夫です。子どもじゃないんだし、自分でなんとかできますから」

「なんとかできるわけないだろう。今夜どこで寝るつもりだ」

トキオが厳しく言う。

「今夜は……、どっかホテルとか……」

「明日は？　明後日は？　そのあとは？　仕事も金もなくてホームレスが関の山だ」

「勝手に人の悲惨な末路を想像するな。トキオには関係な――」

「俺の家に来い」

ナツメはえっと目を見開いた。

「狭い部屋だけど、とりあえず目途が立つまで――」

「だっ、だめだめだめ、それは絶対だめ～っ！」

突然ヤコ先生が絶叫し、行き交う通行人がぎょっとこちらを見た。

「ああもうやだやだ。何度も言うようだけど、トキオは漫画家のくせに人の気持ちが全っ然分かってないよ。トキオは僕の彼氏なんだよ。いくら幼なじみでも、一つ屋根の下に他の男と住むなんてだめに決まってるでしょ、だめすぎてぷーだよ！」

金髪サダコヘアを一振りし、ヤコ先生はナツメと向かい合った。

「ナツメ、トキオの狭い部屋なんて止めて、僕のひろーいマンションにおいで」

「そんな、いいです。今日会ったばかりなのにそんな迷惑は」

「いいの！　僕にとっては、トキオと一緒に住まれるほうが迷惑だから」

確かにその通りだ。直球すぎて嫌味が全くない。なんて素直な人だろう。

「でもヤコ先生は他人と同居なんてできる殊勝な性格じゃないでしょう」

トキオが口を出したが、ヤコ先生は大丈夫だもーんと胸を張った。

「税金対策で買って、遊ばせてる部屋がいくつかあるから」

――え、この人、そんなお金持ちなのか？

ナツメはヤコ先生の色あせたピンクのカリメロTシャツを半信半疑で見つめた。

「さ、そうと決まったら行こう」

戸惑うナツメの腕を引っ張り、ヤコ先生はトキオと共に強引にタクシーに乗り込んだ。

そうして連れて行かれたのは、敷地前に警備員が立っている超豪華マンションだった。エントランスにはホテルのような受付カウンターがあり、来客との待ち合わせに使うのか、ラウンジが併設されている。聞けば住人専用のプールとスポーツジムもあるらしい。最上階のペントハウスがヤコ先生の部屋で、その下の階にヤコ先生所有の部屋が二つある。

「家具も一通り入ってるから、すぐに使えるよ」

そう言って案内された部屋の豪華さに、ナツメは頭をくらくらさせた。二十畳以上あるだろうリビングの一面がガラス張りで、東京の景色が一望できる。他にも部屋が三つに寝室と洗面所回廊型のウォークインクロゼット。こんなところ一体いくら家賃を払えばいいのか。

「いいの。困ってる子から、しかも彼氏の幼なじみからお金なんて取らないよ。それにさっきも言ったけど、僕にとってはトキオと同居されるよりこっちのほうが百倍いいから」

少し変わっているけれど、ヤコ先生は正直でいい人だ。

「それと仕事だけど、地元に帰らないならこっちで探すんだよね。よかったら、ちゃんとしたとこが見つかるまでは僕のところ手伝ってみない。ナツメ、ご飯とか作れる？」

「作れます。メシスタントってやつですか？」

「そうそう、それ。さすがトキオの幼なじみ。頼んでた子が急に辞めて困ってたんだ。でもちょっと時間が変則的なんだよね。僕は夜型だから、ナツメの出勤も午後遅めからにしてほしいんだ。あと締め切り前は泊まり込みもしてもらうと思うし、休みも不規則。その分、時給は千五百円以上で高めだと思う。あ、深夜手当もつけるよ。それでどうかな？」

ポンポンと話が決まっていき、遠慮とか余計なことを考える隙がない。

「ありがとうございます。やらせてもらいます」

頭を下げながら、ふっと昔を思い出した。高校生のころの冗談みたいな会話だ。

――最初は手取り十八万くらいでどうだ。

——俺は嫁さんはいらないから、お前でいい。

冗談に紛れさせた、多分、本気だったトキオの言葉。

「ナツメ？」

ハッと意識を戻すと、目の前には現実があった。トキオはヤコ先生と並んで立っている。

「すみません。ちょっと色々ありすぎてぼうっとしちゃって……」

苦笑いで誤魔化すと、肩をポンポンと叩《たた》かれた。

「だいじょぶ、だいじょぶ、僕もトキオもついてるから心配しないで。ね、トキオ」

と同意を求められたが、トキオはそれに関してはコメントをしなかった。

「ヤコ先生は、そろそろネームの心配をしたほうがいいと思いますけど」

冷静なツッコミに、ヤコ先生はうっと顔をしかめた。腕組みで高い天井をにらみつけ、しかし諦《あきら》めたようにガクッとうなだれ、しょんぼりとナツメと向かい合った。

「じゃあ僕、仕事に戻るね。夕飯つきあうから、お腹空いたら僕の携帯に電話して」

ヤコ先生はポケットから携帯を出し、ナツメのそれと赤外線で手早く番号を交換した。そうして、空からネームが降ってこないかなあとぼやきながら玄関に向かった。

「ヤコ先生、本当に色々ありがとうございました」

「いいの、いいの、じゃあまたあとでね」

笑顔で手を振るヤコ先生のあとを、無表情にトキオがついていく。

「トキオも、ありがとうな」

やっとの思いで声をかけたが、トキオは「ああ」と言っただけだった。

パタンとドアが閉まり、ナツメは一人になった。

広い玄関にしばらく立ち尽くし、真っ白な大理石張りの床をぺたぺた歩いてリビングまで戻った。一面に広がる東京の景色。それを見下ろす豪華マンション。

ナツメは遠慮がちにソファに座った。ふかっと身体が沈み、慌てて背筋を正す。分不相応な部屋で、なんだか身の置き所がない頼りなさを感じてしまう。

最後までよそよそしかったトキオの横顔を思い返すと、気持ちがどんどん沈んでいく。

ソファに寝転ぶこともできず、背筋を正して落ち込んでいると携帯が鳴った。画面にはトキオの名前が浮かんでいて、ナツメは速攻で出た。焦るあまりもしもしの声が裏返った。

「ナツメ、今夜の夕飯だけど――」

久しぶりだし俺と一緒に食べよう、という続きを一秒で妄想した。さっきはそっけなかったけど、やはり心配してくれていたのだと気持ちがするすると上昇していく。

「仕事の邪魔になるから、ヤコ先生には電話するなよ」

「え?」

よく意味が分からなかった。

「一度気を散らすと、集中し直すのにすごい時間がかかる人なんだ」

やっと理解して、上昇した気持ちがすとんと落ちた。

「あー……、うん、分かった」

「夕飯、一人で食えるか？」

「うん、ガキじゃないし大丈夫」

「そうか、なにかあったらヤコ先生じゃなく俺に電話しろ。じゃあな」

それだけで、携帯は呆気《あっけ》なく切れてしまった。

力が抜けて、ナツメはポスンとソファに転がった。

俺に電話しろという言葉は、優しさからじゃなくて、ヤコ先生に迷惑をかけるなという意味なんだろう。ずっと連絡しても返事を寄越さなかったくせに、新しい恋人のためならするっと電話をかけてくる。なんてやつだと思う反面、相変わらずだとも思った。

トキオは昔から、気持ちいいほど優先順位がはっきりしている。

昔、トキオの優先順位第一位はナツメだった。

一年と九ヶ月ぶりの着信履歴を、ナツメはじっと見た。

おかしな期待をした自分が恥ずかしくて、改めて、ずいぶん長い時間が流れたことを思い知った。昔、トキオの気持ちに応えられなかったのは自分なのだから、これは仕方ないことなのだ。人の心は変わるものなのだ。自分に言い聞かせ、あふれ出そうなものをこらえた。

——でも神さま、さすがにこれはないんじゃないか。

恋か仕事か、砕くならせめてどちらか一つにしてほしかった。一日も働くことなく会社は倒産し、自分の気持ちをなに一つ言えないまま失恋してしまう。それが同時に起こるなんて悲惨すぎる。一日目にして上京したことを悔やみ、ナツメは唇を噛みしめた。

翌日、社員寮からこちらに行き先変更で荷物が届けられた。こっちの量販店で買った安物の布団セットとカラーボックスが超高級マンションの中で悲しいほど浮いている。

服やCDなど細かな荷物は量が少ないので向こうから宅配便で送ったのだが、それも業者に連絡してこちらに届け直してもらった。段ボール八個分。それらをノロノロ片付けていると母親から携帯に電話が入った。昼休み中らしく、こっちの様子はどうだと尋ねてくる。

「寮なんだから、わがまま勝手するんじゃないわよ。ちゃんと譲り合いの精神でね」

「うん、分かってる」

「食事はあんたのことだから大丈夫だと思うけど、あまり外食ばかりしないようにね。でも上司や先輩に飲みに誘われたら、羽目を外さない程度におつき合いするのよ」

地元を出る前にも散々言われたことばかりで、ナツメは苦笑いをした。

「大丈夫だって、あんまり子ども扱いするなよ。それよりもう昼休み終わりだろ」

まだ話したそうな母親を急かすように電話を切った。親心からの説教だ。いつもならはいはいと聞いてやれるのに、今日は罪悪感が勝ちすぎて無理だった。

やっぱり本当のことは言えない。事実を打ち明けるにしても、せめて次の就職が決まってからでないと無意味に心配させるだけだ。昨日から腐ることばかりで、できるなら二、三日フテ寝をしていたいくらいだが、無職の自分にそんな余裕はない。

まずはヤコ先生に恩返しをすること。一生懸命に働き、並行して就職活動もする。トキオのことは考えないでおこう。考えたら、無理に伸ばしている背筋がぐにゃりと曲がってしまいそうだ。残りの荷物を手早く片付け、ナツメは最上階のヤコ先生の部屋を訪ねた。

チャイムを押すとトキオが出てきて、ナツメはひどく焦った。

「あ、えっと、とりあえず仕事に来たんだけど。デート中なら帰るよ」

「妙な気を遣うな。ヤコ先生はネーム中だから、ナツメの仕事は俺が教える」

短く言って、トキオは奥へ歩いていく。ナツメは慌ててあとを追った。

ナツメが居候している部屋も充分豪華だったが、ペントハウスはそれ以上だった。全てが白で統一されたモダンな内装と家具。なのに……全くセレブっぽく見えないのがすごい。

インテリア雑誌の表紙になりそうな部屋のそこら中に洋服やおもちゃが放り出してあり、汚部屋三歩手前くらいの乱雑さなのだ。昨日見た色あせたピンクのカリメロTシャツ、カラフルな雑貨、ぬいぐるみなどキッチュなものが多く、内装とのちぐはぐさがすごい。

「ヤコ先生は出したら出しっ放しの五歳児だ。生活能力はゼロだから」

「だろうな」

うなずきながら、ナツメはガラス製の大きなテーブルをちらっと見た。ストローが刺さったままのイチゴ牛乳やフルーツ牛乳のパックがざっと十個以上並んでいる。奥の長い廊下を案内される途中、『YACO'S ROOM♡』とこれまた女子高生風キラキラのアルファベットデコシールが貼られた部屋があり、トキオはそこで立ち止まった。

「ここがヤコ先生の仕事部屋だ。ネーム中は出入りしないこと。電話も編集以外からは取り次ぐな。たまにオッサンの遠吠えが聞こえるかもしれんが無視していい」

「オッサン？」

「ギリギリまで追い詰められると地声が出る」

話しながらトキオはキッチンに行き、そこで仕事の説明をしてくれた。ナツメの仕事は主に修羅場中のヤコ先生およびアシスタントの食事作り、その他、漫画以外の雑用。やる気があるなら室内の掃除や家事をしてくれると非常に助かる。けれどお手伝いさんではないので、プライベートすぎる仕事は断る権利がある。どうだと問われ、ナツメは勢い込んだ。

「掃除でも洗濯でも、俺にできることはなんでもやる」

ただで部屋を貸してもらい、仕事まで世話してもらっている身分で、あれは嫌これは嫌なんて言えるはずがない。とりあえず掃除だなと立ち上がる。ゴミ袋や掃除道具関係のありかをトキオに教えてもらい、掃除機を引っ張り出そうとしたら止められた。

「ネーム中は大きな音を出すのは禁止だ。デリケートな人だから気をつけてくれ」

「あ、じゃあモップで」

慌てて掃除機をしまいながら、ナツメは複雑な気持ちになった。

ヤコ先生に恩返ししたい気持ちと、トキオに理解されて大事にされているヤコ先生を羨《うらや》む気持ちが反発し合う。恩人と恋敵が同一人物なんて、なんだかすごく自分を試される職場だ。

そうして無理に抑えつけた気持ちは跳ね返って、理不尽にもトキオにぶつかった。

「トキオ、本当にヤコ先生にベタ惚《ぼ》れなんだな」

馬鹿、言うなと思いながら口が勝手に動く。

「俺と離れてたかが一年半くらいで、切り替え早くて羨ましいよ」

言ってしまった。言ってしまった。口にした瞬間、後悔が渦を巻いた。

トキオの目を見る勇気もない。

モップ片手に逃げるようにリビングへ行く途中、固い声音が背中にぶつかった。

「俺は、一生お前を想い続けていかなきゃいけないのか」

一瞬の空白。ナツメは恐る恐る振り向いた。トキオの顔には怒りがにじんでいて、羞恥の大波に頭からどぶんと呑み込まれた。いたたまれない。今の自分は盛大に痛いやつだ。

「そ、そういう意味じゃないよ」

俯いて、曖昧《あいまい》な笑みと言葉を重ねた。

「ヤコ先生いい人だし、なんていうか、トキオが惚れるの分かるっていうか」

なに言ってるんだ。馬鹿じゃないのか。耳や首まで熱い。もう死にたい。

「さて、じゃあリキ入れて掃除でもするか」

明るく言って、ナツメは足早にリビングに向かった。ゴミ袋片手にどんどんゴミを分別していく。誰も見ていないのに、口角を必死で上げて笑みの形を作り続けた。内側は泣きたい気持ちと恥ずかしさであふれていて、馬鹿じゃねえの、馬鹿じゃねえのと繰り返した。

——俺は、一生お前を想い続けていかなきゃいけないのか。

密かな願望を言い当てられた気分だった。そう。心のどこかで、トキオはずっと自分を好きでいるような気がしていた。自分さえ気持ちを向ければ、なんとでもなると楽天的に考えていた。ひどいうぬぼれ野郎だ。甘ったるいアイスみたいな思い込みが自己嫌悪でぐずぐず溶けていく。黙々と掃除を続けていると、トキオがやって来た。

「……悪い」

低い呟きに、ナツメはそちらを見た。

「俺もお前に冷たくしすぎた。悪かった」

「い、いいよ、そんな。いきなり来て迷惑かけてんの俺だし」

「そうじゃない。別に迷惑とかは思ってない。けど……」

「けど？」

トキオは気まずそうに目を伏せた。

「俺は、終わった相手と笑って話せる人間じゃないみたいだ」

ぷつんと架空の音が聞こえた。つながっていた糸が切れた音だ。

「あー……、そういう……」

意味のない言葉を呟いた。俯きがちに頭をかきながら、無理矢理笑う。

終わった相手——はきつい。もう少し言い方があるだろう。

でもトキオはこっちの気持ちを知らない。だから仕方ない。

だったら今、ここで言ってみようかと思った。お前が好きだと言ってやろうか。東京にはお前を追いかけて来たんだと。トキオはどうするだろう。決まってる。困るだけだ。

十七歳のころ、トキオもこんな葛藤《かっとう》を抱いていたんだろうか。トキオの気持ちも知らず、自分はずいぶんと無神経なことを言っていたんだろう。だったら悪いことをした。さぞ傷ついただろう。今の自分みたいに。ナツメは固く引き結んでいた唇をぱらりとほどいた。

「……バーカ、なにが終わっただよ」

顔を上げてぶすくれてみせると、トキオの顔に戸惑いが浮かんだ。

「そもそも、俺らの間で始まったことなんかなんもないだろ」

泣きたい気持ちを押し殺して笑った。

「大体な、俺はお前に会ったら一番に文句言ってやろうと思ってたんだ。東京行った途端に連絡ブチりやがって、お前はどんだけ友達甲斐《がい》のないやつだ。そういうことばっかしてっと友達いなくなるぞ。あ、元々いないか」

冗談めかして手のひらを上向けると、トキオはようやくムッと眉《まゆ》をひそめた。

「悪かったな。友達いなくて」

「まあいいよ。今回は俺も迷惑かけたし仕方ないから許してやる……ってのは冗談で、色々世話してくれてサンキュウな。当分は同じ職場だし、またうまくやってこうぜ」

笑いかけると、トキオの顔から徐々に固さが取れていく。そうしてためらいながら口端を不器用に持ち上げた。ずいぶんと大人びたけれど、笑い方は昔と変わっていない。

すーっと距離が縮まっていくのを感じる。けれどそれは考えていた恋愛としてではなく、友人としての立ち位置でだ。喜べないけれど、他に選択肢がない。

自分たちは友人で、親友で、幼なじみ。

昔も今も、それ以外のものなんかなかった。そう振る舞っているうちに、それが本当になっていくんだろう。心の中で起きた嵐なんて、現実にはマッチ一本もなぎ倒せない。

泣きたい気持ちで笑っていると、突然ぐーっと大音量で腹が鳴った。ナツメは咄嗟《とっさ》に腹を押さえてヤコ先生の仕事部屋を見た。一瞬の間のあと、トキオがくっと噴き出した。

「いくらなんでも聞こえるわけないだろう。常識で考えろ」

「だ、だって、静かにしろってお前があんましつこく言うから」

赤い顔で口を尖《とが》らせるナツメを、トキオがおかしそうに見ている。

「すごい音だったな。昼飯、食ってないのか」

「…………実は、昨日から食ってない」

「はあ？」

トキオが顔をしかめた。

「お前、一人でメシも食えないくせに東京で独立って無謀なんじゃないか？」

「そんなんじゃない。昨日は色々あったし食欲なくて……」

会社は倒産するし、失恋するし、恋敵が恩人だし、しかもいい人だし、トキオは冷たいし、自分がほとほと情けないし、もうブラジルまで突き抜けそうなほど落ち込んでいた。

「上京初日に不幸のどん底に叩き落とされた俺の気持ちが、お前に分かってたまるか」

友人としての距離なら、こんな泣き言も吐き出せた。

思いっきりぶすくれていると、頭にポンと大きな手が乗せられた。

あ、とナツメは息を呑んだ。久しぶりのトキオの感触。大きくて温かい。

この手は昔、ナツメだけのものだった。今はもう違う。この手がヤコ先生の頭に乗ったシーンを思い出す。潔く諦めろ。フラれたほうにできることなんてそれしかない。

「なにかあったら俺もいるから悲観するなよ」

トキオの手は昔と変わらず優しく、それが余計に切なかった。

「連絡ブッチしやがったやつが、今さらなに偉そうに言ってんだ」

憎まれ口を叩くと、トキオはバツが悪そうに顔をしかめた。

「だからそれは謝っただろう、お前、性格ネチこくなったんじゃないか？」

「うるせー、お前が言うな」

ドンと肩をぶつけ、それから苦笑いを交換し合った。まるで昔に戻ったみたいだ。

ここまでと引かれた友人のライン。その内側で戯れていれば、そのうち何事もなかったようになって、胸も痛まなくなる。多分、きっと——。

そうじゃないとつらすぎる。

2

漫画家にとってネームは孤独な作業だ——と聞いた。自分だけの脳内イメージをどう伝えるか。誰も手伝えず、周囲はせめて邪魔をしないよう心がけるのが精一杯——らしい。

時計の針が夜の八時を回り、ナツメはトキオと一緒にヤコ先生の部屋をあとにした。

トキオがヤコ先生のアシスタントに入るのは、ヤコ先生がネームを終わらせてから月に一週間ほどだ。それ以外は当然自分の漫画に取り組んでいるのだが、今はナツメに仕事を教えるために通ってきてくれている。食事や掃除の家事以外にも、背景に使う写真やたまっていく一方の領収書や郵便物の整理、資料集めと雑務はいくらでもある。

「夕飯、どうする?」

エレベーターを待ちながらトキオが尋ねてくる。

「節約コース熱烈希望」

というわけで牛丼に決まった。昨日はラーメンだった。トキオもナツメも若さに比例して金がない。本当なら自炊が一番節約になるのだが、お互い部屋に来いよとは言わない。そのことについて深く考えるのは止めた。考えても仕方ないことが、この世にはたくさんある。

「トキオのほう、漫画はうまく行ってるのか？」

　牛丼屋のカウンターに座りながら聞いた。

「まああだな。今度、短期集中連載やらせてもらえそうだし」

「えっ、連載？」

　ナツメは目を輝かせた。向こう側のカウンターからサラリーマンがちらっとこちらを見た。

「って言っても短期だぞ。三回とか五回とか」

「それでも充分すげえじゃんか。トキオ、連載は初めてだもんな」

「よく知ってるな」

「当たり前だろ。トキオの漫画は全部チェックしてるんだから」

　そう言うと、トキオは無言で目の前の水を飲んだ。ごくりと喉《のど》を鳴らし、飲み終わってもグラスを置こうとしない。『夏雨』のことを気にしているのかもしれない。過去に好きだったやつを題材にして描いた漫画なんて、昔のラブレターが出回っているようなもので本人は冷や汗ものだろう。仕方ないので、ナツメは自分から話題にすることにした。

「そういや、お前からは『夏雨』のモデル料もらわないとな」

　トキオがハッとこちらを見る。

「あれで賞獲ったんだから、賞金の半分は俺のものだろ？」

ニカッと笑うと、トキオも空気を読んで「ばーか」と吐き捨てた。二人で笑い合い、また一つ、お互いの中で特別だったものを過去の出来事にしていった。

こんな風にまたトキオと話ができて嬉しい。けれどそれは同時に、過去の一時期、確かにあった『恋』の記憶を消していく作業でもある。全部の特別が『昔はこんなこともありましたね』にすり替わったら、チリチリ焦げるようなこんな切なさも感じなくなるんだろう。だったら一日も早くその日が来てほしい。考えていると牛丼がやって来た。

「短期連載ってどんな話やるの」

毒々しいほど赤いショウガを丼に入れながら聞いた。

「まだ決めてない。読み切りならともかく、短期でも初連載だし、読者寄りに少しは王道要素も入れたほうがいいんじゃないかってヤコ先生は言うけど」

「王道?」

「売れ線ってこと。読者がキャッチしやすいボールっていうか」

「ふうん。確かにトキオの漫画ってちょっと難しいよな。でもそこがトキオの個性だと俺は思うけど。そういや、ヤコ先生ってどんな漫画描いてんだ? あんなすげえマンションに住んでて金持ちそうだけど『パノラマ』で名前見たことないぞ。本当に売れっ子なのか?」

「当たり前だ。『パラダイス・ドール』の作者だからな」

「えっ?」

ナツメは目を丸くした。『パラダイス・ドール』とは、今、女子高生を中心に人気沸騰中の少女漫画でアニメ化・ドラマ化はもちろん、去年は人気俳優やアイドルを起用した映画が大ヒットした。すでに映画第二弾が予定されているとニュースで見て知っている。

「あの『パラドル』だろ。普段は地味な眼鏡《めがね》女子高生のヒロインが実は大人気モデルで、自分が通っている高校の教師と密かに結婚しているというムチャクチャな少女漫画」

「そうだ。補足すると、実はその高校教師も大企業のお坊ちゃまという設定だ。お前はムチャクチャと言うが、あの話には女のほとんどの夢が詰まっている」

「そ、そうなのか……。女って欲深い生き物だな」

「まあ、俺も最初は正直、ださい漫画だなと思ってたんだけど」

トキオが上京したてのころ、担当編集を通してヤコ先生のアシスタントの話が来た。『パノラマ』とヤコ先生が描いている少女漫画雑誌『ラズベリー』とは出版社も違ったが、編集者同士のつながりで回ってきたのだ。最初は王道少女漫画なんてと馬鹿にしていたが――。

「頭のねじが一本飛んでるように見えて、ヤコ先生は実はすごい人だぞ。高校在学中にデビューして、卒業後に持った初連載がヒットした。それからずっと十年以上第一線張って、中ヒットと大ヒットを繰り返して、今が特大ヒットだ。それってすごいことだろう」

少女漫画は青年誌よりも顕著にその時代の感性を要求される。ストーリーは王道でも、キャラクターの持つ空気感が古いと、女子高生は見向きもしてくれない。

「変わらない部分と、どんどん変えていかなきゃいけない部分と、バランス取りながら十年以上トップ張り続けて、落ちるどころかまだ上昇中だ。俺みたいなぺーぺーから見たら、ヤコ先生は神さまみたいな人だ。そばにいるだけで勉強になる」

神さまのことを話す人の多くがそうなように、トキオも宙を見上げた。

「お前がそこまで言うって、まじですごい人なんだな」

「ああ、すごい人だ」

どこまでも続く肯定に胸の痛みが増した。

「……つきあうきっかけって、なんだったんだ？」

ずっと気になってて、でも聞けなかったことが口をついた。箸《はし》を止め、トキオがこちらを見る。自分から聞いたくせにナツメは焦った。

「あ、や、なんか気になるじゃん。俺も今後の参考にした——」

「酒の勢いで寝た」

予想もしなかった言葉に、ナツメはポカンと馬鹿みたいに口を開けた。

「俺みたいなぺーぺーのなにがよかったか知らないけど、好きになったのは向こうが先だ」

「そ、そうなのか？」

なんとか声が出た。でも顔は引きつったままだ。

「でも最初はすごく迷惑だった」

「なんで……」

「お前が好きだったから」

はっきりと言われ、ナツメは小さく息を呑んだ。

「お前を忘れたくて、でもだめで、すごく苦しかった。なんだろうな、そういうポカッと空いてるとこにヤコ先生がはまった。俺がお前のことで感傷に浸る間もないくらい、毎日好きだの愛してるだの周りちょろちょろされて、いいかげんうざいと思ってたけど」

トキオはなぜかガラス張りの向こう、行き交う人たちを眺めた。

「誰かに好きって言われることで、俺は寂しくなくなった」

そう言うと、トキオは再び箸を動かした。残り少ない中身をざくざくかき込み、ごちそうさんと丼に箸を置く。そしてふっとナツメを見た。

「そういうの、軽蔑《けいべつ》するか？」

ナツメは首を横に振った。軽蔑なんてしない。それどころか、トキオから好きになったんじゃないと聞いて、どこかホッとしている、ずるい自分がいる。

今つきあっているんだから、スタートがどうだったのかは関係ない。分かっているのに救われた気になっている。けれどそんな安堵《あんど》は、次の言葉で呆気なく吹き飛ばされた。

「だから今は、ヤコ先生を大事にしたいと思ってる」

ナツメは反射的に強く箸を握った。

「……じゃあ、今は本気で好きなんだ？」

問うと、トキオはすいとナツメから目を逸《そ》らした。

「もういいだろ。この話は終わり。それよりさっさと食えよ」

照れ隠しなのか、トキオの横顔は不機嫌そうだった。

ナツメはもそもそと牛丼を口に運んだ。

——大事にしたいと思ってる。

——大事にしたいと思ってる。

言葉が頭の中でグルグル回る。自分たちの関係を特別みたいに過信して、のんびり田舎でトキオとの東京ライフを夢見てた自分の尻を蹴っ飛ばしてやりたい。グズグズしているうちに取り返しがつかなくなるぞと。そして、どうしようもない疑問が頭をよぎる。

——じゃあ、もしも俺が、もっと早くトキオを追いかけてきたら？

仮定の話に意味はない。ないけれど——。

店を出ると、遅い時間なのに驚くほど人が多かった。ナツメたちの地元は九時を過ぎると通りから人がいなくなる。

「じゃあな、また明日」

駅へ歩く人の群れに紛れていく背中を、ナツメはぼんやり見送った。

一人であの豪華マンションに帰りたくなくて、買うものもないのに本屋に立ち寄った。店内をぶらつきながら、店員の手書きだろう、今月のベスト10コーナーと書かれた棚の前でふと足が止まった。五月のコミック部門一位は『パラダイス・ドール』十四巻だった。

――ヤコ先生は神さまみたいな人だ。

神さまには敵わない。ナツメは肩を落としてその場を去った。


翌週、ネーム地獄から生還したヤコ先生は本格的な修羅場に突入した。締め切りに向かってアシスタントが集まり出し、ナツメの仕事もぐんと忙しくなる。朝昼晩、大人六人分を三食作るのだ。仕事としての食事作りは初めてで、緊張する一方でなにを作ろうかと腕が鳴る。

「すごーい、おいしい！」

その日の夕飯、アシスタントの女の子たちは歓声を上げた。春らしくソラマメとベーコンの炊き込みご飯、アサリのおすまし、ぶりの照り焼き、肉豆腐、ゴボウとチキンのサラダ。初日なので絶対外さないよう、全て得意料理で手堅くまとめた甲斐があった。

しかし肝心のヤコ先生の食が進まない。サラダのチキンだけをちょいちょいつまみ、炊き込みご飯をもそもそ食べている。まずいのか。いや、それはないはずだ。気にしているとチャイムが鳴った。出迎える前に、彼氏特許の合い鍵でトキオがダイニングに入って来る。

「遅れてすみません。『パノラマ』のほうの打ち合わせが長引いたもんで」

みんなに挨拶《あいさつ》しながら、トキオがちらっと食卓を見る。

「あ、トキオも食うだろう。すぐに用意するから」

声をかけると、トキオはサンキュウと言いながら持っていた紙箱を冷蔵庫に入れた。

「トキオ、ソラマメご飯好きだったよな。ぶりの照り焼きも肉豆腐も」

「よく覚えてるな」

「当たり前だろ。何年お前のメシ作ってたと思うんだ」

今夜のメニューはナツメの得意料理でもあり、トキオの好物でもある。再会してから二人で食べた物と言えば立ち食いそばや牛丼ばかりで、仕事にかこつけてトキオに自分の料理を食べてもらえるのは嬉しかった。トキオはすぐに一杯目を平らげておかわりに立った。

「ナツメくんとトキオくん、知り合いなの？」

チーフアシスタントの結衣《ゆい》が聞いてくる。

「はい、地元が同じで幼なじみなんです。家も隣同士だし」

「へえ、幼なじみっていいわね。じゃあトキオくんのツテでこっちで働き出したんだ」

「あ、いや、それはまた別に事情があって……」

上京したその日に会社が倒産し、たまたまトキオの家に来ていたヤコ先生に拾ってもらったことを話すと大爆笑され、笑い事じゃないですよと怒りながらも早々に職場に溶け込めてナツメはホッとした。途中、ごちそうさまでしたとヤコ先生が箸を置いて手を合わせた。

「ヤコ先生、ほとんど食べてないですね。食、細すぎですよ」

「あ、ごめんね。僕、和食苦手なんだ」

がーんという擬音がナツメの頭の中で響いた。トキオが黙って立ち上がり、冷蔵庫から取り出した紙箱をヤコ先生の前に置く。途端、ヤコ先生の目が輝いた。

「メコちゃんのミルキーロールだあっ」

ぺろんと舌を出したメコちゃんというキャラクターが有名な大衆店のロールケーキに、ヤコ先生は節分の恵方巻きよろしく丸ごとかぶりついた。ガツガツとほっぺたをリスみたいに膨らませながら、幸せそうに目元を赤らめてトキオに笑いかける。

「ありがほー、ひょきお、らいふきー」

口の周りについたクリームを、トキオがティッシュで拭《ふ》いてやる。ナツメは思わず目を伏せた。諦めろと言い聞かせてはいるけれど、やっぱり仲のいい二人を間近で見るのはつらい。他のアシスタントは気にせず食事を続けている。どうやら二人の仲は公認らしい。

「ナツメ、これ、ヤコ先生の好き嫌い表だ」

食事が終わって、洗いものをしているとトキオがやって来た。

渡されたメモを見て、ナツメは愕然《がくぜん》とした。食べられないもの一覧がずらっと並んでいるのだが、これでは作れるものがほとんどない。魚などオール×になっている。

「基本、洋食好きだ。ハンバーグ、スパゲッティ、グラタン。あとハンバーガーやフライドチ

「じゃあ今日の献立なんか全滅だったんだ……」

キン。和食はサブに一品くらいならいいけど、メインは避けたほうがいい」

「悪い。先に言っておくのを忘れてた。ここに来る途中思い出して」

だから万が一のフォローにトキオはロールケーキを買ってきたのだ。昔のトキオからは信じられないほど細やかな気配りだ、と思ったが違う。トキオは見ていないようで、いつでもちゃんと物事を見ている。それに比べて、自分の至らなさが恥ずかしい。

ここは職場で、本来ならトキオに教えてもらう前に、自分から雇用主のヤコ先生に好き嫌いを聞いておくべきだったのだ。それをなにを勘違いして浮かれていたのか、トキオの好物を作ってどうする。なのにトキオは自分が悪かったとフォローしてくれる。

同い年の男として猛烈に恥ずかしい。顔には出さず落ち込んでいると、コンコンと壁を叩く音が響いた。

振り向くと、ダイニングの入り口に結衣が立っていた。

「トキオくん、ヤコ先生がそろそろコレになりそうなんだけど」

結衣は立てた親指を下に向ける。そうしてニコッとほほえみ、トキオに向かって執事のような恭しい動作で廊下側へ手を差し出す。

トキオは溜息をついて仕事部屋へ向かった。

「トキオくんがいると、ヤコ先生のお世話を全部任せられるし楽だわ〜」

笑いながら、結衣が夜食に出そうと作りかけていたコーヒーとミルクの二色ゼリーをのぞき込む。夜型のヤコ先生に合わせて、アシスタントはいつも泊まり込みになるのだ。

「みんな、トキオとヤコ先生のことは普通なんですね」

結衣がこちらを見た。目が困っている。

「あ、非難してるんじゃなくて、なんていうかゲイって世間的に少数だし、こう世間の風当たり的なものがあるのかなあって思ってたから、少し驚いたっていうか」

結衣が、「あー、なるほど」とダイニングテーブルに後ろ手をつく。

「ナツメくんは、ゲイには一線引きたい人？」

「や、全然ＯＫ、あ、ＯＫです、ん？ いいです」

「アハハ、無理に敬語使わなくていいよ。普通に喋《しゃべ》ろ。ゲイはね、あたしはあんまり驚かないな。漫画家目指してる人って考え方が柔軟な人が多いし、みんながみんな寛容じゃないだろうけど、あたしはプライベートでホモ同人描いてる腐女子だから特に偏見ない」

「ふじょし？」

「あ、知らないならそのままでいたほうがいいよ」

結衣は持っていた煙草を一本取り出し、換気扇の下で火をつけた。

「けどゲイとかストレート関係なしで、トキオくんとヤコ先生はお似合いだってここのみんなは思ってるんじゃないかなあ。少し前まで、ヤコ先生って病的に男運のない人だったから」

「そうなんですか？」

問うと、そうなんですよーと結衣は大袈裟《おおげさ》に溜息をついた。

「ヤコ先生って高校在学中にデビューしてからずっと漫画家一本でやって来て、ずっと馬車馬みたいに働いてきたから、男を見る目が高校時代でストップしてんのよね」

若いときから売れっ子先生として大事に大事に扱われ、世間の泥水に浸からないまま、お金だけはうなるほどあり、さらに元々純粋な性格で人を信じやすい、というホストやヒモといったハイエナ系男たちにとっては、鴨が葱《ねぎ》しょって歩いているような人がヤコ先生なのだ。

「もう次から次に、どうやったらそんなカスばっかり見つけられるんですかって聞きたくなるほどの最低男とばっかつきあうのよ。親が病気だの店がつぶれそうだの大嘘八百八町で、そのたびウン千万単位でホイホイお金渡して逃げられるんだから」

「それは男運というより、アホの子じゃないですか」

と言ってから、ヤコ先生のそういう人のよさに自分は助けられたのだと思い出した。

「漫画家のヤコ先生はすごい人だし尊敬してるけど、私生活になると途端に普通以下っていうか、なんていうんだろう、天才の悲しさ？　みたいなもんをたまに感じるのよ。こんなどうしようもない穴を抱えるくらいなら売れっ子になれなくてもいい、みたいな」

結衣の吐いた煙は漂うことなく真っ直ぐ換気扇に吸い込まれていく。

「だから、トキオくんとつきあいはじめたときも正直またかーって感じだったの」

まだ十代の駆け出し新人漫画家、金もなく、どうせすぐにヒモ化するだろうとみんなで言い合っていた。しかし周囲の予想を裏切って、二人の仲は順調に進んだ。

何度騙《だま》されても全く懲りないヤコ先生が、高級マンションを借りてあげようとか、高価な洋服や貴金属をプレゼントしようとしても、トキオは一切誘惑に乗らなかった。逆に、そんなものに費やす時間があったら漫画を描けと鬼編集みたいなことを言う。

世間知らずのオネエという、漫画以外ではほぼ使い物にならないヤコ先生をトキオがしっかりと生活面でフォローし、年のわりに冷めたところのあるトキオをヤコ先生が胸をキュンキュンさせながら追いかけ、それはきっちり漫画に還元され、キュン度の上がった『パラドル』はさらに読者を熱狂させ売り上げも上々という、トレビアンなループを作り出したのだ。

「漫画の虫みたいなトキオくんにとっても、ヤコ先生はそばにいるだけで『ためになる人』だしね。まあトキオくんの場合は、それが恋かどうかは分からないけど」

ナツメは首をかしげた。

「ほら、なんかトキオくんって感情の起伏に乏しいっていうか、燃えるような恋愛って死んでもしなさそうじゃない。でもまあ、ああいう一歩引いた形がトキオくんの恋愛スタイルなのかもね。だとすると、ヤコ先生とは理想のカップルだと思うわけ」

結衣はシンクの水道で煙草の火を消し、ゴミ箱にぽいと捨てた。慣れた動作だった。

「どう。幼なじみとしてご安心めされましたか?」

「え?」

「心配してたんでしょ。トキオくんとヤコ先生のこと。すごく気になるって顔に書いてあったから」

頬が一瞬で熱を持った。顔を赤らめるナツメに、結衣はクスッと笑った。

「幼なじみっていいもんよね。さて、そろそろあたしも修羅場に戻るか」

結衣が出て行ってから、ナツメはダイニングの椅子にすとんと落ちるみたいに腰かけた。背もたれに肘《ひじ》を置いて顔を伏せる。恥ずかしすぎて、今すぐ消えてしまいたかった。

仕事でポカはする。初対面の人にまでトキオを気にしていることを見透かされる。なんだ今の自分は。自分で思っているほど、気配りも自制もできてない。

「やっぱりもう無理、無理、無理、無理～っ、僕なんてどうせ才能ないんだもん！」

どん底のナツメの耳に、仕事部屋からヤコ先生のベソかき声が聞こえてきて、自分への情けなさに拍車がかかった。プライベートはさておき、才能がないはずないだろう。こんな億ションに住んで、超売れっ子漫画家で、アニメ化で、ドラマ化で、映画化で、コミック部門一位で、トキオの神さまで、恋人で――我が身を振り返り、なんだか泣きたくなってくる。

このままだと、またブラジルまで突き抜けそうだ。

――大丈夫だ、頑張れ、俺。

自分で自分を励まして、ナツメは立ち上がった。

作りかけだった夜食のゼリーの続きに取りかかる。濃い目に淹《い》れたコーヒーと牛乳、それぞれにゼラチンを溶かし、浅めのバットに流し込んで冷やす。固まったらさいの目に切って二色ゼリーのできあがり。あとは上にかける生クリームを泡立てればいい。シャカシャカと真っ白のクリームを泡立てる。単純作業をしていると、頭が勝手に考えごとを始めてしまう。

――トキオくんって、燃えるような恋愛って死んでもしなさそうじゃない。

そんなことないですよ、と心の中で言い返した。昼休みの渡り廊下で、秋元に跳び蹴りをくらわすようなやつだし、一晩だけでいいからと縋りついてくるようなやつですよ。

――そのトキオがクール？　一歩引いた恋愛スタイル？

――それって、実はあんまりヤコ先生に本気じゃないんじゃないのか？

――つきあうきっかけだって、ヤコ先生から好きになったんだろう？

――好きレベルで比べるなら、俺のときのほうが上なんじゃないか？

――ああ、ヤバい、俺、今すごく嫌なやつじゃないか？

シャカシャカ、シャカシャカ、クリームはどんどん口当たりの悪いモノになっていく。

こってりとバター状になってしまった生クリームを見下ろし、ナツメは溜息をついた。これは料理用にでもしようと容器ごと冷蔵庫にしまった。パタンと扉の閉まる音が空しく響く。

どんな形でも、好きな人のそばにいられたら幸せ、なんてウソだ。

寝る前のベッドの中でならセンチメンタル気分で片思いに酔えもするけれど、現実に放り込まれた途端、そんな甘い夢は覚める。恋敵が自分よりもデキるやつだったり、しかも結構いいやつだったり、二人がうまくいってるところを見せつけられたりすると、やっぱりつらくて落ち込んでしまう。少しでも楽になりたくて、ついつい相手を落としたり、価値のすり替えに走ったり、なんの解決にもならないことをする。そしてあとでさらに落ち込む。

現実の片思いは一秒一秒が自分との闘いだ。惨めになりたくないなら、なんとか自分を上げるしかない。とりあえず自分の場合は、就職と住むところを探すところからだ。

ゼロ以下からのスタートだが、千里の道も一歩から。

ヤコ先生の好意はとてもありがたいが、好きな人とその恋人と同じ職場なんて、どう考えても苦行としか思えない。だから心がすさむのだ。ナツメはここに来る前に本屋で買った求人情報誌を鞄から取り出した。いいのがありますようにと、祈るようにページをめくる。

月給二十七万円・交通費支給。うん、これはよさそうだ。あ、でもデイケアセンターの介助なんて仕事が自分にできるわけがない。次は月給二十三万円。でも清掃スタッフか。もう少し響きのいいものがいいな。お、月給二十八万円、けどムリムリ、プログラミングなんてさっぱり分からない。深夜のビル警備。怖いからパス。飲食店、服屋、コンビニ。なじみの職種になるにしたがって給料も落ちていき、経済的に折り合えなくなる。

「なんだよ、東京のくせにもっといい仕事ないのかよ」

無意識にぼやいてしまってから、あれ？　と我に返った。

口では頑張ろうなんて言っといて、実はすごく選り好みしている自分に気づく。じわじわと顔に熱が集まり、ナツメは就職情報誌のページの上に突っ伏した。

信じられない。自分がこんなだめ男だったなんて知らなかった。できることより、できないことのほうが多い。なのに数少ないできることの中でもワガママを言っている。

東京に来てから、日々、自分のちっぽけさを思い知らされる日々だ。こんなに大きな街なのに、自分一人の居場所すら容易に手に入れられない。

しばらく突っ伏したまま、しかしへこたれてなるものかと思い直した。自分は若い。今のところ取り柄はそれだけだが、頑張ればなんとかなるだろう。なってくれなきゃ困る。

「ファイトー……、いっぱぁーつ」

求人情報誌に顔を埋めたまま、一人きりの台所で呟いた。

「もうだめ、全っ然、面白くな〜いっ！」

昼食のグラタンの用意をしていると、仕事部屋のドアが勢いよく開く音と、ヤコ先生の絶叫が聞こえた。ダダダダと玄関に駆け出していく足音とそれを追いかける足音。二つの足音がもんどりうって廊下に倒れ込む。逃走を図ったヤコ先生を、トキオが捕獲したようだ。

「どこ行くんですか、締め切りは明日ですよ」

トキオの低い声が聞こえる。続いてぐすっと鼻をすする音。

「だって……。今描いてる原稿、ちっとも面白いと思えないんだもん。展開がベタすぎて、なのに唐突だし、やっぱりもっとタメ入れて、来月への引きにしたほうがよかった気がするんだもん。先月アンケ二位だったたし、またこんなクソダラな原稿上げて読者にも飽きられて、三位四位ってずるずる落ちてって、人気なくなって、雑誌クビになって、みんなにもお給料払えなくなって、借金で路頭に迷ってチーンって終了とかになるんだもんっ」

うわあああんと悲劇のヒロインみたいな泣き声が炸裂《さくれつ》する。恐らく廊下に芸者座りで泣き崩れているんだろう。修羅場に突入してから頻繁に繰り返されるやり取りにナツメももう慣れた。

「今回の原稿、俺はいいと思いますよ」

トキオが声をかけるが、ヤコ先生は聞く耳を持たない。

「ウソつき！　今の原稿は今まで描いた中で一番最低、最悪！」

「先月も先々月もそう言ってました。それで十年以上も読者楽しませてきてるんだから今回も大丈夫です。展開だって変に引っ張って気を持たせるより、今月でバシッと決めるほうがパラドル読者には受けます。アンケだってたまには悪いときがあるもんです。というか二位で悪いと嘆くなんて、それ自体贅沢な話じゃないですか。大体、もしも、万が一、よしんば、なにかの間違いで人気なくなって仕事切られたとしても、ヤコ先生の口座にはもう一生働かなくてもいいだけの金が入ってるから路頭には迷いません。問題なしです」

「貯金のことなんか言ってんじゃないよ！」

「じゃあなんですか」

「お金なんかいくらあっても、漫画描けなくなったら僕はおしまいなんだってば！」

「そうですね。俺も漫画描かないヤコ先生には魅力感じません」

「……ひ、ひどい」

びえええぇ～と、今度は幼稚園児のような泣き声が聞こえる。

「自分で言ったんでしょうが。漫画描けなくなったら終わりだって。俺もそう思います。貯金もあって一生食うに困らなくても、漫画描かないヤコ先生は生きる屍《しかばね》ですよ。無職で世間知らずのオネエ、もしくはただのオッサン、山田貞行三十二歳ですよ」

「本名で呼ばないで～っ」

情け容赦のないトキオの言葉に、今度はうう～っとすすり泣きが始まった。家中にカビが生えそうな湿っぽさだ。仕方ない。ナツメは食事作りの手を一旦止めて廊下に顔を出した。ヤンキー座りのトキオの前に、ヤコ先生が予想通り芸者座りで泣き崩れている。

「ヤコ先生、もうすぐグラタンできますよ。お腹空いたでしょう？」

声をかけると、ヤコ先生が顔を上げた。もさもさの金髪サダコになってて怖い。

「……グラタン？」

「はい、ヤコ先生の好きな海老もたくさん入れました。リボンの形のパスタも入ってるし、デザートにメコちゃんのミルキーロールも買ってあるんで、少し休憩したらどうですか」

ヤコ先生はずるずるとアメーバのように廊下を這《は》い、涙目でナツメの足に縋りついた。

「ナツメ〜、僕と結婚して〜」

ナツメはいはいとヤコ先生の脇の下に手を入れて抱き上げた。

「トキオ、あと十分ぐらいでグラタン焼き上がるから、みんなにも声かけといて」

「分かった。じゃあヤコ先生、あと少しだから仕事にもど――」

みなまで言わせず、ヤコ先生が「きゅーけいっ、きゅーけいっ」とコールをする。トキオは溜息をつき、よろしく頼むとナツメに言い残して仕事部屋に引き返していった。

トキオも大変だなあと同情しつつ、ナツメはヤコ先生を抱き上げたままダイニングへ連れて行き、椅子に座らせた。そしてエプロンのポケットからくしを取り出す。

「じゃあヤコ先生、ご飯の前に髪結びましょうね」

「うんっ」

ヤコ先生はホクホク顔で大きくうなずく。この大先生は不器用で食べ物をよくこぼし、ついでに皿の上に髪を浸ける。それを防止するためにくくってあげたのが最初で、今では習慣になっている。長ったらしい金髪にくしを入れ、ウサギさんくくりにしてあげた。

「はい、これで食べやすくなりました」

ついでにお気に入りのショッキングピンクのリボンを結んであげると、ヤコ先生は手鏡をのぞき込んだ。いやーん、かわいーと散々自画自賛したあと、ふっと笑みを消す。

「どうしました？」

問うと、ヤコ先生はなんかさあ……と溜息まじりに首をかしげた。

「ナツメって本当にいい子だなあってしみじみ思ったの。僕みたいなのうざがらずに相手してくれるし、さすがにトキオが好きだった子だけあるよね」

「は？」

「トキオが地元に置いてきた『好きな子』って、ナツメのことでしょ？」

あまりにさらっと言われたので、誤魔化すことすらできなかった。

鏡越しにヤコ先生と目が合う。きっと自分は困った犬みたいな顔をしているはずだ。

「前にトキオから聞いたんだ。地元に好きな子がいたって。名前までは知らなかったけど、ナツメを紹介してもらったとき、あ、この子だって一発で分かった」

「どうして」

「トキオのデビュー作のタイトルと、名前が同じだったから」

あ、と呟いた。『夏雨』とナツメ。確かに勘のいい人なら気づくかもしれない。

「あの話、僕すごく好きなんだよね。ほとんどストーカーレベルのめちゃくちゃやばい愛にあふれてて。だからトキオがアシに来るのすごく楽しみだった。どんな子なんだろうって」

トキオの最初の印象は、そっけない子、だったらしい。無駄口は叩かず、おべんちゃらも使わず、無愛想三歩手前の態度でいつも淡々と仕事をこなして帰って行く。

「でも、そのそっけなさに僕はやられちゃったんだよねえ」

ヤコ先生はふうっと溜息をついた。

「僕って難しい男が好きなんだよ。あ、ちょっと違うかな。難しいっていうより、障害のある恋じゃないと燃えないっていうか。相手がすごく貧乏とか冷たいとか、問題アリの男のほうが俄然やる気が出ちゃうんだよ。僕が助けてあげなきゃとか、絶対振り向かせてやるとか」

はあとうなずきながら、病的に男運が悪いという結衣の言葉を思い出した。

「最初は僕が追っかけて追っかけて、そのたび振られて、通算五十回はフラれたかな。でも全然振り向いてもらえなくて、これじゃ埒《らち》があかないってんで――」

酔いつぶして食べちゃったんだよねーと、ヤコ先生はアハハと笑い飛ばした。なんとなく無理に茶化しているようで、ナツメはどう返事をしたものか返事に困った。

「あれ、驚かない？ ナツメ、おくてっぽいからもっと驚くかと思ったのに」

「や、前に少しトキオから聞いてたもんで」

「あー……そっかあ。知ってるならいいや」

そう言うと、ヤコ先生は俯いてもじもじとツインテールをいじりはじめた。

「なんか、そういうはじまりだったからいつも不安なんだよね。僕ばっかり好きで、トキオのほうはそうでもないんじゃないかって。あの夜、酔っ払いながらトキオ泣いてたし」

「泣いた？」

「うん。地元に好きな子がいるって。忘れたくて東京に来たけどどうしても忘れられない、どうしたらいいんですかって。普段クールなくせに、こいつ意外と酒癖悪いなあって」

そういうギャップもかわいいよねとヤコ先生は笑った。

そういうギャップをナツメは知らないので笑い返せなかった。

「でも相手の子はトキオに気がないって言うし、だったら僕が忘れさせてやるって余計に燃えたんだよね。ナツメを紹介されたときも、ついにライバル登場って感じで密かにやる気出してたんだけど、ナツメすっごくいい子だし、なんか段々不安になるっていうか。距離があるならまだしも、こんな傍にいたら、またトキオの片思いがぶりかえすんじゃないかって」

ヤコ先生は椅子の上でコンパクトに膝を抱えた。

「あーあ、ナツメがもっと嫌な子だったらよかったのに」

ぼやくヤコ先生は、ナツメの目にとてもいじらしく映った。

ナツメだって内心でヤコ先生を羨んだり、嫌なことを考えたこともある。でもそれをこんな風に正直に言葉や態度にできない。これほど素直に、無防備にぶつかってこられたら、大抵の男はほだされそうだ。もちろん、トキオだって例外じゃない。

「心配しなくても、トキオはちゃんとヤコ先生を好きですよ」

「いいよ。慰めてくれなくて」

「そんなんじゃないですよ。トキオ、前にヤコ先生のこと大事にしたいって言ってたし」

そう言うと、ヤコ先生がそろそろとこちらを向いた。

「……本当？」

「本当です。だからおかしな心配しなくていいですよ。トキオにとって俺はただの幼なじみだし、昔はどうでも、今、好きなのはヤコ先生なんだから」

どうして恋敵を励ましているのか。自分でも滑稽《こっけい》で胸が痛かった。

「……ナツメ」

じわっとヤコ先生の目に涙がにじんでいく。

「あのー、そろそろ入っていいですか？」

ふと場にそぐわない、笑いを噛み殺したような声がかかった。振り向くと、アシスタントのみんながドア横に立ってニヤニヤしていた。どうやら話を聞いていたらしい。

『俺、一生ヤコ先生を大事にします』」

結衣が男声を作って隣の女の子を抱きしめると、きゃーっと黄色い声の花が咲いた。

「なにこれ、こんな身近ですっごい少女漫画的展開」

「まさか、ナツメくんがトキオくんの片思いの相手だったなんてねえ」

「っていうか、昔の恋を忘れられないって泣くトキオくんが想像できない、気持ち悪い」

「普段すごい鉄仮面だもんね。少女漫画ならギャップ萌えだけど」

女の子たちがはしゃぐ後ろでは、頭二つ分抜き出たトキオが思い切り不機嫌そうに腕を組んでいる。好き勝手に冷やかされる中、ヤコ先生が目をキラキラさせながら問う。

「トキオ、ナツメに言ったこと本当？　僕のこと大事にしたいって」

トキオはムスッとしたままこちらへやって来る。みんながワクワクしながらトキオの答えを待つ中、トキオはヤコ先生の頭に軽くスコンと手刀をした。

「ヤコ先生、ナツメをあんまり困らせないように」

「困らせてなんかないもん。ナツメがあんまりいい子だから、トキオを盗られるんじゃないかってちょっと心配になっただけで」

「馬鹿らしい。俺とナツメはただの幼なじみですよ」

トキオがそっけなく切って捨てると、後ろでまたきゃーっという声が響き、結衣がトキオの口真似をする。「俺とナツメはただの幼なじみですよ。俺が愛してるのはヤコ先生だけです」。改変されたセリフに大受けする女の子たちを、ナツメは一歩離れた場所から眺めた。

納得していることでも、トキオの口からは聞きたくない。

チクチクと極細の針でつつかれるような痛みが肌にまとわりつく。

一人だけ空気に乗れずにいる中、チンとオーブンが鳴った。よかった。これで自然に輪から抜け出せる。二台あるオーブンを開けると、グラタンはこんがりとおいしそうに焼けていた。

ぼうっとなにも考えずに手を入れ、アッッと慌てて引っ込める。

指先が濃い紅色に染まっていた。焼けた皿に素手で触れるなんて馬鹿としか言いようがない。気休め程度に水道で濡《ぬ》らしてから、ナツメはミトンに手を伸ばした。

「馬鹿、ちゃんと冷やせ」

顔を上げると、キッチンカウンター越し、トキオと目が合った。まだ騒いでいるみんなを尻目にさりげなくこちらにやってきて、ナツメからミトンを取り上げる。

「グラタンは俺が出すから、お前は手を冷やしとけ」

トキオが水道の蛇口をひねる。ありがとうとナツメは流水で手を冷やした。さっさとグラタンを出していくトキオを眺めているうち、子どもっぽい拗ねた自分が顔を出す。

「彼氏持ちの人に優しくしてもらってすいませんね」

おどけた調子を装うと、トキオがこちらを見た。

「彼氏がいようといまいと、お前と俺の仲には関係ないだろう」

正論だ。正論すぎて、そこからトキオの心を探ることはできない。

——俺たちの仲ってなんだよ。

ふと浮かんだ質問も言葉にできない。幼なじみ、友達、職場の同僚。でも昔、キスをしたことがある。それ以上のことをしたことがある。昔、片方が片方に片思いをしていた。今はもう片方が片方に片思いをしている。早口言葉みたいで笑えてきた。

「なに笑ってんだよ」

見ると、トキオと目が合った。

「別に、なんでもない」

ナツメは蛇口をひねって水を止めた。もう一度トキオを見る。

「どっちに恋人ができても、俺ら、友達だよな」

どうしてそんなことを口にしたのか分からない。

わずかな間を挟んで、そうだなとトキオが答えた。

「昔からずっと、変わらないな、俺たちは」

トキオはすいと顔を背けた。グラタンを盆に並べ、テーブルに運んでいく。そっけない背中から視線を外し、ナツメも心の中で呟いた。

——昔からずっと、変われないな、俺たちは。

変わらないし、変われない。望んでそうなっているわけではなく、なんとなくすれ違っているのだ。それぞれの望みを、望んだときに、叶えることがとても難しい。

紅色に染まった指先は、その日、いつまでも熱を持って疼いた。


修羅場も最終日になると、みんなのテンションは最高潮にまで上がる。何日も睡眠不足で疲労も積もってるはずなのに、なぜあんなに元気なんだろう。

「限界を突破すると、エンドルフィンが出てハイになるんじゃないかなあ」

そう言うヤコ先生は、ニコニコ笑っているが顔色はとても悪い。エンドルフィンとは苦痛を軽減するための脳内麻薬物質みたいなものらしく、他のアシたちも討ち死に寸前の武士のようなのに、目だけがキラキラしていてかなり怖い。ナツメには想像を絶する世界だ。

「にしてもナツメ、このオムライス、すっごくおいしいよ〜」

「そうですか。よかった」

クリーム系の好きなヤコ先生のために、味のきついケチャップでご飯を炒めずに、トマトジュースとコンソメでピラフ風に炊いたのだ。それをふわふわ卵でくるんでホワイトソースをかけた。見た目のかわいらしさを重視するヤコ先生のために、卵の上から緑のバジルソースで『YACO』と書いてあげることも忘れない。狙い通り、ヤコ先生はとても喜んだ。

デザートはメコちゃんのミルキーロールと、クリームでクマの絵を描いたデザインカプチーノ。ヤコ先生がデザートを食べている間に、乱れてしまったツインテールをほどき、もう一度結び直す。ついでに逆毛を立ててアゲ嬢風に盛ってやると、かわいいもの大好き三十オネエのヤコ先生は「いやーん、超かわいい〜」と目の中にハートを飛ばした。

修羅場の疲れが一瞬吹っ飛んだのか、よーしあと一日やるぞーと元気に仕事部屋に帰っていく。足取り軽やかな後ろ姿を見送り、ナツメは小さくガッツポーズを作った。

「……ナツメくんって、すごいわ」

結衣がカプチーノの泡を見つめながら言った。結衣と他のアシスタントには矢の刺さったハートマークを描いたのだ。トキオにはハートではなく細かい葉っぱ。

「あ、それ結構簡単なんですよ。コツはミルクを細かく泡立てるだけで――」

「じゃなくて、ヤコ先生の扱いがうまい。トキオくんとペアで完璧な飴鞭《あめむち》コンビよね。トキオくんがビッシビッシ取り締まって、ナツメくんがベタベタに甘やかす。どっちか一人じゃ効果半減なのよ。プラマイばっちり嚙み合ってて、さすが元彼だけあるわ」

「はは……。つか元彼じゃないんですけど」

ナツメは顔を引きつらせながら受け流した。

「でも冗談じゃなく、ナツメくん効果で今月はヤコ先生のキレ方がだいぶマシなんだから」

「あれで？」

「そう、あれで。いつもなら締め切り前はトイレで泣きながら吐きまくる人だから。あ、でもトキオくんが来る前はもっとひどかったのよ。自殺騒ぎもしょっちゅうだったし」

衝撃的な言葉にナツメはぎょっとした。ネームに詰まって、発作的にマンションのベランダから飛び降りようとしたらしい。たまたま担当がいて必死で止めて助かったが、周囲の恐怖をよそに、それでなにかが吹っ切れたのかその号は神がかり的な面白さだったと言う。そんな風に毒素を吐き出しながら、ヤコ先生はもう十年以上漫画を描いている。

「すごすぎる……」

引きつるナツメに、みんなもうんうんとうなずく。しかしヤコ先生の気持ちは分かると一人が言い、みんながさっき以上に大きくうんうんとうなずく。

「ネーム詰まってるときって、もう生きててすいませんって土下座したくなりますよね」

「なるなる。その先に行くと、なんかもうこの場で切腹してやろうかとかね」

恐ろしい結衣の言葉に、みんなが分かる分かるとうなずく。ちらっと見ると、トキオも小さくうなずいていて、ナツメはほんのわずかな疎外感を感じた。

「どうしたの、ナツメくん？」

両手でカップを挟んでカプチーノの泡を見つめていると、結衣が声をかけてきた。

「いや、なんていうか、ここって『そういう人たち』の場所なんだなあって」

ヤコ先生、トキオ、他のアシ、みんな夢を持って、その分しんどさも背負って、でも自分の才能に賭けている。ここはそういう人たちが働いている場所だ。じゃあ自分はと振り返ってみると、早く働かないとと思いながら条件つけまくり、選り好みしまくりで、人の好意にどっぷり浸かって生きている。なんだか異様な焦りが込み上げてくる。俺、なにしてるんだ。

「みんなに比べると、自分が平凡すぎて焦るというか」

そう言うと、なに言ってるのよと結衣に笑い飛ばされた。

「あたしたちが特殊なだけで、ナツメくんは世間一般的に普通よ。だから焦る必要全然ないって。あたしだって一応プロの漫画家だけど、それだけじゃ食べていけなくてここでアシスタントしてるんだから。稼ぎだけで言ったらアシが本業みたいなもんよ」

結衣は笑い飛ばし、「あ、でも」とトキオを見た。

「トキオくんは最近人気出てきてるし、今度の連載でブレイクしそうよね。ヤコ先生の担当とトキオくんの担当が友達で、『パノラマ』でもこれから力入れるって聞いてるし」

「え、トキオってそんなすごいんですか」

「すごいんです。ヤコ先生みたいな王道とは逆だけど、トキオくんみたいなサブカル作品もよく映画化されるしね。一回そういう価値がつくとサブカルは一気に売れるのよ」

「映画？　まじで？」

勢い込むと、「またいい加減なことを……」とトキオが呟いた。

「あれ、トキオくん自信ないの？」

結衣がからかうように問う。トキオは平然と答えた。

「自分の漫画には自信あります。商業的成功はさておき」

途端、結衣が「そうね。自信と売り上げは別だものね」としょんぼりする。短い休憩は漫画家トークになってしまい、ナツメは一歩引いた場所でそれを聞いていた。

昼食のあと、ナツメは誰もいなくなった台所で微妙に落ち込んだ。

——あたしたちは特殊。ナツメくんは普通。だから焦らないで。

その通りだ。分かってる。結衣は励ましてくれたのだから、素直にありがとうと思っておけばいいのだ。ありがとう。ありがとう……。

でも実を言えば、『あなたは普通』という言葉に少しだけへこんでしまった。心のどこかで自分にだってなにかあるんじゃないかと期待を隠し持っているからだ。だからお前は普通だと太鼓判を押されると、ほんの少しへこんでしまう。もちろんその期待には根拠がないし、身の程知らずなことも承知の上だから、へこんでいる自分を恥じる程度の冷静さも持っている。

「あー……、なんか俺、すげえかっこ悪い」

顔を両手で覆うと、コン、と壁を叩く音がした。

ハッと手をのけると、ダイニングの入り口にトキオが立っていた。

「あ、な、なに？」

「なに一人でブツブツ呟いてるんだ。怖いやつになってたぞ」

「う、うるせー。お前はいっつも立ち聞きすんな。ストーカーか」

恥ずかしいところを見られた反動で口調が乱暴になった。

「なにが『ぼく……、かっこわるい……』なんだ？」

雨の中で震える子犬みたいな言い方をされ、ぱっと顔が赤くなる。

「誰がそんなかわいい言い方したか。こういうとこにいると俺なりに色々思うんだよ」

「こういうとこ？」

「だから、みんなが夢を持って頑張ってるクリエイティブな職場だよ。みんなどことなくキラキラしてるし、俺みたいな普通の人間はちょっと引け目を感じるっていうか」

トキオは腕組みで首をかしげた。

「別に誰もキラキラしてないぞ。ヤコ先生がヨレヨレなのはいつものことだが、女連中も修羅場は前髪全上げで、ピンで留めてるところがほつれたりして生活に疲れたオバハン状態だ。俺も風呂に入れずヒゲも剃れず自分が臭いし、ちょっとしたホームレス——」

「そういうことじゃなくて」

どこまで続くのかと、ナツメは漫才よろしくビシッとトキオの胸を手の甲で叩いた。

「はたから見てると華やかかもしれないけど、仕事はどれも一緒だろ」

「……そりゃそうだけど」

「漫画家だって別に特殊でもなんでもない。たまに変な勘違いしてるやつはいるけど」

トキオはこともなげに言い、しかしナツメはそうかなあと反論した。

「職業的に特殊かどうかは置いといて、トキオ個人は小さいころから独特だったよ。初対面のアゲハ事件から、大きくなってもどっか視点が人と違うっていうか。俺と同じもの見てても、トキオの目には違う風に映ってる。そういうの含めて才能って言うんだろうな」

トキオはシンクにもたれ、黙ってナツメの話を聞いている。

「こっちに来てからも、俺はトキオにはビックリさせられてばっかだよ。『パノラマ』で期待の新人扱いされて、夢も着実に叶えていって、素直にすごいと思うよ。ヤコ先生みたいな超勝ち組な彼氏まで作ってるし、もう俺とは世界が違うとか思ったりさ」

上京初日から派手にコケた自分とは雲泥の差だ。

「ふうん。ナツメには、俺はそんな風に映ってるのか」

トキオが冷蔵庫を開けながら言った。林檎《りんご》ジュースを出してグラスに注ぐ。

「でも俺自身は、自分を変わってるなんて思ったことは一度もない。昔から、自分でも嫌になるくらい普通だ。ありがちなことで悩むし、落ち込むし、今だってなにも変わってない」

薄い琥珀《こはく》色のジュースを一気に飲み干して、トキオはナツメを真っ直ぐ見た。

「ナツメには、俺の気持ちなんて分からないだろうな」

トキオの顔も、声も、明らかに怒りを含んでいた。空のグラスをシンクに置き、悪いけど洗っといてとトキオはさっさと仕事に戻って行った。

うっすら甘い林檎の香りが漂うダイニングで、ナツメはまたもや両手で顔を覆った。

心の中は、さっきとは種類の違う自己嫌悪であふれている。

やっちまった。やっちまった。やっちまった。馬鹿みたいに繰り返す。

トキオだって、口にしないだけで色々苦労をしているのだ。高校を中退して、十七歳で上京して、一人でコツコツ夢に向かって頑張ってきたのだ。努力もしただろうし、不安も、悔しいことだってあったはずだ。そういうのを全て『才能』の一言で片付けられて世界が違うなんて言われたら、そりゃあムッとするだろう。ナツメは自分の浅さを恥じた。

――なにやってんだ俺は。勝手に卑屈になって、トキオに当たって。

上京初日からへこむことばかりで、なんとなくトキオに対して引け目を持っていた。上り調子のトキオに、自分の悩みや不安なんか話しても分かってもらえないと思っていたのだ。

落ち込んでいると電話が鳴り、ナツメはのろのろとダイニングの子機を取った。

「はい、小嶺です」

鳴ったのは仕事用の回線なので、ヤコ先生のペンネームで出た。

「もしもし、そちらに仲村《なかむら》くんはいますでしょうか。あ、すみません、こちらは月刊『パノラマ』編集部の奥田《おくだ》と申します。仲村くんの携帯がつながらないので――」

トキオの担当編集者だ。なんだか焦っている様子で、ナツメは仕事部屋に走った。担当さんから電話だと子機を渡すと、トキオは首をかしげつつ通話を押した。

「もしもし、仲村です。どうしたんですか、え？」

トキオが眉根を寄せた。難しい顔で「はい」を繰り返している。ちょっと待ってくださいと保留を押してからヤコ先生のほうを向いた。ヤコ先生が手を止める。

「どうしたの、なにかトラブル？」

「吉本《よしもと》先生が盲腸で来月号落としたらしいです」

落としたという言葉に、ヤコ先生を筆頭にみんなが顔を引きつらせた。

「それで、俺に代原を頼みたいって」

「何ページ？」

「四十八です。一週間で上げられるかって」

ヤコ先生がぎょっとし、みんなも一斉に「無理！」と叫んだ。

「ゼロからじゃなくて、去年お蔵入りになったやつが一本あるんです。それがちょうど四十八ページで、個人的に気に入ってたんで下書きも半分ほどはやってあるんです」

「下書き半分とペン入れと仕上げで一週間。……うーん。フルデジならまだしも、トキオはペン入れまではアナログだから死ぬ気でやっても危ないんじゃないかな」

ヤコ先生が難しい顔でうなる中、横から結衣が口を挟んだ。

「断ったほうがいいわ。トキオくんはもうすぐ連載も決まるんだし、今さら代原でもないじゃない。無理して荒れた作品出すより、大事に一個ずつ積んでいくほうがいいと思う」

「うーん、そうだよねえ……。『パノラマ』の読者はマニアックな分、見る目も厳しいし、今回は冷静に考えたほうがいいかもしれない。トキオだったら、この先その作品を発表するチャンスはいくらでもあると思うし」

ヤコ先生の言葉にみんながうなずく。ナツメは考え込んでいるトキオを見た。

大事に一個ずつ、先のことを考えて、冷静に。

素人のナツメには、それももっともな意見に思える。

でも、トキオの幼なじみとしては首をひねってしまう。

感情が表に出にくいのでクールに見えるが、トキオは自分が大事に思っているものに対しては驚くほど熱い。秋元《あきもと》の件然《しか》り、高校を中退して上京した件然り、後先考えずに行動に出て周りをビックリさせる。ナツメは思い切って口を開いた。

「……トキオは、やりたいんじゃないかな」

瞬間、みんながナツメを見た。トキオも驚いたようにこっちを見ていて、一気に頰が熱くなる。素人の分際でプロの集団に意見をするなんておこがましい。でも——。

「日程とか分からないけど、やるって決めたらトキオはやるやつなんで」

論拠もなにもない、子どもみたいな意見。ナツメは恥ずかしさに俯いた。

「……トキオはどうしたいの？」

ヤコ先生が問いかけた。

「やりたいです。新人の俺には描かせてもらえるチャンスを見送るなんて余裕は一ミリもないです。一つでも多く作品を発表したい。無理でもやりたい。質は落としません」

トキオはキッパリと言い、ヤコ先生は少し考えてからうなずいた。

「分かった。余計なこと言ってごめん。こっちはもういいから、早く帰って自分の原稿にかかって。僕も終わったらすぐに手伝いに行くから。あ、ナツメは先に一緒に行ってあげてね」

当然のように言われて驚いた。

「でも俺、絵なんて描いたことないですよ」

「大丈夫。トキオは半分アナログだから、枠線引いたり消しゴムかけたり、ナツメにも手伝えることはあるよ。それとトキオの気持ち言ってくれてありがとね。さすが幼なじみ」

「いえ、そんな……」

「でも、二人きりの部屋でトキオに手ぇ出しちゃだめだよ」

冗談で付け加えられた一言にみんなが笑う。

その間にも、トキオが電話で担当に「やります」と答えていた。


トキオの部屋に入るのは、上京初日以来だった。

砂壁で畳敷きの六畳間に、雑誌や漫画の道具が所狭しと詰め込まれている。一つ空間に二人きりという状況は久しぶりで最初は緊張していたが、すぐにそれどころではなくなった。

とりあえずいつでも食べられるようにおにぎりを大量に握り、それから枠線引きの手伝いに入ったのだが、本番原稿に触れる前にまず練習をさせられた。最初はたかが線引きと思っていたが、プロの漫画家の原稿だと思うとひどく緊張する。コマの角部分、わずかにはみ出した線も許されない。ちゃんと修正液で消していく。

——枠線でこれって、どれだけ細かい仕事なんだよ。

正方形の安っぽいテーブルの上、ナツメが練習している斜め前で、トキオは原稿にペンを入れていく。残りの下書きよりも先にペンまで入れた原稿を何枚か作り、アシスタントがきたら仕上げを任せ、自分はその間にまた下書きの続きとペン入れをしていく。ナツメには変則的に見えるが、アシスタントの手を遊ばせないよう効率よく作業を分けるらしい。

トキオの握るペン先の動きに合わせて、鉛筆描きでぼんやりとしていた世界が、真っ白な紙の上にクッキリと浮かび上がる。なんだか子どものころを思い出した。

トキオがノートに絵を描いていたときの、シャッシャッという音。なにもない紙の上に浮かび上がる自分の顔。頭に蝶々《ちょうちょう》など描かれて、怒ったナツメと上を下への大騒動になった。

小さく笑うと、トキオがこちらを見た。なにと目で問いかけてくる。

「昔から、トキオは絵ばっかり描いてたよなあって」

「……そうだったな」

トキオが口端を持ち上げ、また原稿に視線を落とす。

「漫画って最近は全部パソコンで描くんだろ。トキオはそういうのしねえの?」

「俺はペンで描く感触が好きだし、アナログにはデジタルにはない味があると思う」

「ふうん、そうなんだ。俺は素人だからよく分からないけど」

「俺も厳密には分かってない。味なんて言っても単に自己満足かもしれないし、デジに比べると効率は本当に悪い。『味』って捉え方自体が古いって言うやつもいるしな」

「いいじゃん。自己満足で。トキオが面白いと思って、これがいいと思って描く漫画を楽しいって思う読者がいるんだからさ。俺は難しいこと分からないけど、伝わるよ、そういうの」

「そうかな」

トキオが顔を上げた。喜び半分、不安半分といった感じだ。

「絶対だよ。俺、トキオがペンでカリカリ音鳴らしながら描く絵が好きだ」

笑顔を向けると、トキオは照れたように原稿に視線を逃がした。ペンの動きが微妙に速くなって、嬉しがっているのが伝わってくる。ナツメは口元だけでほほえみ、それからは作業に集中した。ペン先が原稿の上を走る、地味な音だけが室内を満たす。

「……さっき、悪かったな」

ふとトキオが呟いた。手を止め、ペン先をティッシュで拭《ぬぐ》う。

「さっき？」

「お前には俺の気持ちは分からないとか、ガキみたいなこと言って」

ナツメは慌てて首を横に振った。

「あれは俺が悪かったんだ。あの言い方だと、トキオはなんにも努力してないように聞こえたと思う。けど俺そんなこと思ってないから。馬鹿だから言葉間違えただけで」

「分かってる。俺が勝手に拗《す》ねただけだ」

「拗ねた？」

トキオらしくない言葉に、ナツメはキョトンとした。

「世界が違うなんて言われて、……ショックだった。お前が東京来たとき先に距離を置いたのは俺なのに、いざ自分が同じことされたらムカッとするんだから勝手だよよ」

そう言い、トキオは机の端に置かれているおにぎりの皿を眺めた。

「それ、懐かしいな」

「あ、覚えてたか」

「忘れるか。昔から徹夜って言うとよくこれ作ってくれたよな」

きれいな三角に握られたおにぎりに手を伸ばし、トキオは懐かしそうに目を細めた。

原稿描きで徹夜の夜、手を止めずに食べられて、かつ栄養のあるものとして、ひじきの他に鶏そぼろや炒り卵も混ぜたおにぎりを夜食としてよく差し入れしてやった。

「ん、うまい。昔と変わらない」

一口食べ、トキオは珍しくクッキリとほほえんだ。

「よくオフクロの味って言うけど、俺にとってはナツメの料理がそうだな。妙に懐かしいっていうか、ホッとするっていうか、これだけはどこの店行っても食えない」

「お世辞言っても、これ以上はなんも出ないぞ」

「お世辞なんか誰が言うか。東京出てきても楽しいことばっかじゃなかったし、へこんでるときに限って猛烈にナツメの飯が食いたくなった。コンビニ弁当ぶら下げて帰る途中、北斗七星とか空に出てるときがあって、あいつ今ごろなにしてんだろうとか思ったり」

トキオはなにもない宙を見上げた。

「東京出てきて、同じ夢持っている連中に出会えて、尊敬する人もできたのに、なんなんだろうな一体。トキオはやりたいんじゃないかって、さっきお前が言ってくれたとき、ずっと空いてた場所に、ぴたっとなにかがはまった感じがした」

トキオはゆっくりナツメに視線を移動させた。

無言で見つめ合う。一秒か二秒。短い時間がやたら長く感じられた。

「やっぱり、俺にとってナツメは換えのきかない存在なのか?」

——俺に聞くな。

そう思ったが、口には出せなかった。そんなことを聞かれても分からない。たとえばそうだよと答えたら、自分たちはどうなるんだ。そもそも、換えのきかない存在ってどういう存在だ。友人か、家族か、恋人か。みんな換えなんかきかないだろう。なのに正体不明の期待に、じわりと胸の水位が上がっていく。

諦めようと思っているのに、そんなことを言われたら我慢できなくなる。

本当はお前を追いかけてきたんだ。お前が好きなんだ。そんな言葉が喉元までせり上がってくる。でも駄目だ。それを言ったら、今のこの関係すら失ってしまうかもしれない。

適当な返事を打てなくて沈黙が続く中、遠くからバイクが走る音が聞こえた。改造しているのかひどくうるさくて、トキオが我に返ったように表情を変えた。

「お前とは、ずっと友達でいたい」

ややしっかりしすぎている口調だった。さっきまで漂っていた微妙な空気は煙みたいに消え失せて、今にもあふれそうだったナツメの気持ちもスーッと下がっていった。

「……うん」

ナツメは笑顔を作った。

「俺もトキオとまた話せるようになって嬉しい。世界が違うなんてウソだ。就職とか色々うまく行かなくて、俺もちょっとへこんでた。本当はお前と話したいことがたくさんある」

笑いかけると、また何秒間か空白が生まれた。

ずっと友達でいよう。うん、そうしよう。そんな話をしているのに、どうしてお互い次の言葉がするりと出てこないんだろう。友達に相応《ふさわ》しい言葉を懸命に頭で考えているようで、でも考えないと出てこないなんておかしな話だ。

「今度、仕事落ち着いたらどっか行こうか」

やっとそんな言葉が見つかった。友達だし、これはおかしくないはずだ。

「そうだな。ナツメには今回の礼がてら飯でも奢《おご》る」

「だったら回らない寿司がいい。銀座《ぎんざ》とかの」

「調子に乗るな」

ペン軸のお尻で頬をぐりぐり刺され、イテテと顔をしかめながら定規で応戦した。やっと友達らしい空気になってホッとする。ホッとしつつ、本当は泣きたかった。

こうして何度も何度も、自分たちは友達だと確認しあう。

あまり人を寄せ付けないトキオが、昔も今も自分にだけは心を許す。

それは嬉しいことなのに、嬉しいと思う気持ちはウソじゃないのに、泣きたくなる。相手に好きだと気づかせずに友達のフリをし続ける。それがこんなにしんどいことだとは思わなかった。過去にトキオも味わっただろう切なさを、こんな風に追体験する日が来るとは思わなかった。複雑な気持ちを押し殺すためにも、ナツメは作業に集中した。

それから半日、さすがに背中や腰が悲鳴を上げはじめた。ここに来たのは昼過ぎで、今は夜中の二時。作業の手を止めず、途中おにぎりで夕飯をすませ、枠線を引き終えたあと、指定された場所を黒く塗るベタという作業を任されている。

こういう仕上げ作業はパソコンでやるらしいが、本職のアシスタントが来るまで少しでも進めておこうと一つ一つ筆で黒く塗りつぶしていく。難しくはないが神経がすり減る。

「トキオ、コーヒーでも淹れようか？」

「……ん」

顔を上げずにトキオが呟く。無意識に返事をしただけで、原稿に集中しているのが見て取れる。多分コーヒーを淹れても飲まないだろう。ナツメはそうっと立ち上がり、部屋の窓を静かに開けた。昼からずっと閉めきりで空気がよどんでいる。

窓を開けた目の前は隣のアパートの壁だが、ひんやりした夜の空気が流れ込んできて、ささやかだが気分転換になる。んーっと伸びをしたとき、パタパタという不吉な音が耳を打った。恐る恐る見ると、暗闇の中、顔のすぐ近くで大きな蛾が飛んでいた。

「うわあああっ」

悲鳴と一緒に飛びすさり、その拍子にトキオの背中にぶつかってバランスを崩した。よろけて後ろ向きに倒れ込んだ次の瞬間、ごつっと頭に衝撃が走った。

なにがどうなったのか。目を開けると、自分の下にトキオがいた。こっちが押し倒す形になっているが、トキオが下から受け止めてくれたというのが事実だろう。

「わ、悪い、大丈夫か」

どうやらナツメの頭がトキオの額を強打したようで、トキオは額に手を当てて思い切り顔をしかめている。おいとのぞき込むと、トキオが目を開けた。

「……あ」

すごい至近距離で目が合って、息を呑んだ。

急いで身体を起こそうとすると、ぐっと腕をつかまれる。

「トキオ?」

名前を呼んだけれど返事はない。トキオは怒った顔で、つかんだ手にますます力を込めてくる。痛い。でも離せとは言いたくなくて、苦しいほど鼓動が早くなる。

頭の中でうわんと蜂が飛び回っているみたいだ。

金縛りにあったように動けない。

視線が固定されたみたいに外せない。

「……ナツメ、俺は」

トキオがなにか言いかけた。そのとき、外廊下を誰かが走ってくる音がした。足音は部屋の前で止まる。続いてガチャガチャと鍵穴の回る音にえっとそちらを見た。

「トキオー、手伝いに来たよ！」

合い鍵でバタバタと飛び込んできたのは、やはりヤコ先生だった。そして玄関から四、五歩で辿《たど》り着く居間で折り重なっている二人を見て硬直した。

「…………え？」

ヤコ先生の顔から瞬時に笑顔が消える。

「違いますから！」

ナツメは弾かれたように身体を起こした。自分は昔から蝶が嫌いで、今は蛾が窓から入ってきて、驚いてトキオにけっつまずいてこういう体勢になっただけ。必死で説明するうちヤコ先生の険しい顔も徐々にほどけ、途中で「あ」と砂壁を指さした。

「ホントだ、そこにいる」

砂壁にとまっているアレを見て、ナツメはヒイッと青ざめた。

「へえ、すっごい大きい子だねえ。触角ふわふわだあ」

おぞましさに硬直しているナツメを尻目に、ヤコ先生は蛾を窓から逃がしてやった。普段ラブリーなのにヤコ先生は虫類に強い。そしてくるりとナツメを振り返った。

「誤解してごめんね」

どうにか分かってもらえたようでナツメはホッとした。

「というかヤコ先生、締め切り前なのになにこっち来てんですか」

我に返ったトキオのツッコミに、ヤコ先生はえへんと胸を張った。

「僕はプロだよ。自分の仕事を終わらせてから来たに決まってるだろ」

トキオのみならず、ナツメも目を点にした。ほぼ毎日繰り返されるネガティブループ。締め切り前の大脱走は日常茶飯事。そのヤコ先生が、締め切り前日に原稿を上げた？

「奇跡だ」

トキオがぼそっと呟き、ヤコ先生はちーがーうーと足踏みした。

「奇跡じゃなくて愛！　恋人なんだから、こんなときこそ役に立ちたいだろ！」

ヤコ先生はビシッとトキオを指さした。そこから発射されたラブ光線は、ナツメの胸にも矢印の形となって突き刺さった。ズキズキと鈍い痛みが発生する。

「さっ、バリバリやるよ！　トキオ、遠慮せずにどんどん指示出してね」

自分の仕事が終わって、すぐ駆けつけてきたんだろう。ヤコ先生は昼に見たままのヨレヨレのシャツ姿で、ペン入れが終わっている原稿をどんどんスキャンしていく。そうして取り込んだ画像に、ナツメにはさっぱり分からない加工をさくさく施していく。漫画用語が飛び交う狭い部屋で、トキオと二人のときにはなかった疎外感が生まれた。

「あの、じゃあ俺、気分転換用におやつでも買ってきますね」

気分を転換したいのは自分だ。トキオがなにか言いたげにこちらを見た。

視線が絡んだ真ん中で、ヤコ先生がはーいと手を挙げる。

「僕、卵のサンドイッチも。あとプチットプリン。お皿にあけるやつ」

「はい、卵サンドとプリンですね。了解です」

「ここらへん、ガラ悪いのも多いから気をつけてね」

はいと笑顔で応え、けれど玄関を一歩出た途端、笑顔は消えた。ドアにもたれ、一つ大きく息をする。自分の足元を見つめて、ブツ切れだった思考を少し巻き戻す。

さっきのアレは、一体なんだったんだろう。

ヤコ先生が来なかったら、どうなっていたんだろう。

つかまれた腕の感触を覚えている。痛いほど強い力だった。

じわじわと頬に熱が集まる中、薄いドア越しにヤコ先生の声が聞こえた。

「いつもと逆だね。誰かのアシするなんて何年ぶりだろ。すっごい楽しい」

「俺も早くそういう身分になりたいです」

「トキオならすぐなれるよ」

楽しそうな話し声に背中を押され、ナツメはその場を離れた。

恋人じゃなくても、トキオは友人としてナツメを必要だと言ってくれた。

あのとき、ひどく嬉しかった。そして、同じくらい悲しかった。

気持ちはいつもその二点をユラユラしていて、どっちにも止まらない。二つとも抱えて歩くのはひどく疲れる。けれど、そのうちトキオにとってのヤコ先生みたいな人に巡り合えるだろう。そんな日がいつか来る。必ず来るはずだ。

鉄製の外階段を下りるカツンカツンという音が、走り去る原付の音にかき消される。東京の街は午前二時を過ぎても明るい。深夜営業のバーやカフェが多く、若い連中が普通にたむろしている。たくさんの人。灯り。なのに寂しくなってしまう。

——母さん、元気かな。

こんなときだけ都合よく親を思い出す。確実に自分を愛してくれている人の顔。

情けないなあと見上げた空には星が一つも見えなくて落胆した。きっと今の自分は箸が転がってもへこむモードに入っているんだろう。ええいくそ、頑張れよ自分。

にぎやかな街の灯りを横目に、ナツメはずんずんと大股でコンビニへ向かった。

3

トキオとヤコ先生、二人の締め切りを無事乗り越えたあと、ナツメも三日間の休みをもらった。一日目はゆっくり休み、二日目は求人情報誌とにらめっこをして過ごした。

金だけで選んでも先々続かないので、初心に戻って料理に関わる仕事に就こうと決めた。よさそうな店があったので連絡すると、一週間後に面接してもらえることになった。テレビで何度も紹介されたことのある店らしく、緊張する反面、久しぶりにやる気が湧く。早速履歴書を買いに走り、できるだけ丁寧に書こうとしたら失敗しまくりで四枚も無駄にした。

誤字なくきちんと履歴書を書き上げたとき、小さな達成感に包まれた。もちろん働くなんて当然で、偉いことなどなにもない。けれど最近の停滞から少し抜け出せた気がする。目に見える大躍進じゃない。華々しくもない。声援も特にないけれど。

自己満足でもいいやと思えたら、なんだか無性にトキオと話がしたくなった。

ソファにもたれて目を瞑《つぶ》ると、白い豆腐みたいな建物が立ち並ぶ市営住宅が浮かんだ。昔みたいに畳に寝転んで、ダラダラどうでもいいことや、たまには真面目なことも話したい。

あのころは、驚くほど時間を贅沢《ぜいたく》に使っていた。もう、あんな風にダラダラ過ごしたりはできないんだろうな。少し寂しく思いながら、残りの休みを一人で過ごした。

三日ぶりに出勤した日、ナツメはスーツ姿のヤコ先生に出迎えられた。知り合いの編集の結婚式に招待されているらしく、おかしくないかとナツメに聞いてくる。

「全然おかしくない。すごい格好いいです」

金髪のロン毛をラフなポニーテールに結い上げ、ブリティッシュな細身のブラックスーツにショッキングピンクの水玉ネクタイ。ヤコ先生は整った美形なのに、いつもヨレヨレに着古したTシャツやジーンズばかりで真価が分かりにくい。

「外国の雑誌に出てくるモデルみたいっす」

ヤコ先生は嬉《うれ》しそうに「そう?」とワンターンした。真っ直ぐ下ろした手のひらがぴょこんと直角に反《そ》っていて、そういうラブリーな仕草は極力控えたほうがいいですと言おうとしたが止《や》めた。オネエキャラは天然なので言うだけ無駄だ。

「今夜は遅くなると思うから、ナツメも適当に切り上げてくれていいからね」

そう言い残し、ヤコ先生は上機嫌で出かけて行った。

一人きりになると、ただでさえ広い部屋がさらに広く見える。とりあえず掃除だなと、あちこちに散らばった三日分のゴミを片付けていく。本は本棚、ゲーム類はコードを巻いて専用のかごの中。掃除機をかけ、モップをかけ、あとはたまるばかりの伝票を整理していく。

五時になるのを待って、ナツメはコーヒーで一服した。イタリア製の高級ソファにだらりと背中をあずけ、トキオは今ごろなにをしているだろうと考えた。

基本、アシスタントのトキオは締め切り前しかここには来ない。

ヤコ先生の彼氏としては来ているのだろうが、そこはナツメには関係ない。

今度会えるのは……と数え、十日以上も先かと溜息《ためいき》をついた。電話してみようかとチラリと考える。友人なのだから普通に飲みに行こうぜと誘えばいい。先日の手伝いのときもそんな話が出たのでおかしくないだろう。思いつくと、急にソワソワしてきた。

ナツメは携帯を取り出し、トキオの番号を呼び出した。

電話よりメールのほうが気軽な感じでいいだろうか。『ヒマなら飲みに行かね?』と打ち込み、やっぱり考え直して、文頭に『こないだはお疲れさん』と付け加える。でも『お疲れ』なんてちょっと他人行儀かなと消してみる。

短い文章に悩む途中、我に返って恥ずかしくなった。たかがメールでこんなことになってる自分が痛すぎる。止めようと携帯をポケットにしまった。二人きりで会ってボロを出し、せっかくの友人関係が壊れるのは怖い。

ナツメは窓辺へ行き、晴れているのにぼんやり霞《かす》んだ東京《とうきょう》の景色を眺めた。空へ伸びる巨大なビル。空き地など皆無の街。下を見れば、米粒サイズの人間がたくさん歩いている。

——あの中に、トキオよりも好きになれるやつがいるのかな。

想像もつかない。溜息をつくと電話が鳴った。仕事用の回線だ。出ると、ヤコ先生の担当編集の手塚《てづか》だった。結婚式のパーティ会場でヤコ先生が酔いつぶれたらしく、悪いけど迎えに来てほしいと頼まれる。その間も、後ろで聞き覚えのある泣き声が響いていた。

場所を記したメモをタクシーの運転手に見せ、会場につくとすでにトキオが迎えに来ていた。べろべろのヤコ先生本人が電話をしたらしい。

「僕なんて、僕なんて、もう漫画家引退したほうがいいんだよ〜っ」

明治時代に建てられた洋館を改築してのハウスウェディング、ガーデンパーティもできる芝生が美しい庭の片隅で、ヤコ先生は芋虫のように丸まって泣いていた。

「なにがあったんですか。出かけるときはすごく上機嫌だったのに」

「それが……。今日のお式、片岡《かたおか》先生も来てたんですよ」

手塚が溜息をついた。片岡先生とはヤコ先生と同期の漫画家で、若手時代は雑誌の巻頭を争うライバルだったが、現在は人気が下降し仕事が減った。その片岡先生から言われた言葉にヤコ先生はショックを受け、自棄酒《やけざけ》に走ってしまったらしい。

片岡先生の言葉を要約すると、『よくあんな新人並みの単純な漫画ばかり描けるわね、ベテランならではの味も技もあったもんじゃない、あなたみたいにキャリアだけ長い、中身スカスカのベテランが少女漫画界を停滞させる一番の悪しき原因なのよ。ベテランはベテランらしく、若手には描けない重厚な作品を描くべき！』といったことらしいが――。

「なんじゃそりゃ。そんなの単なるやっかみでしょ。気にすることないのに」

自分がうまく行かないからといって、他人を攻撃して、引きずり下ろして、安心を得ようとする。そういうせこい人間は虫が好かない。ナツメはあからさまに顔をしかめた。

「まあね。でも片岡先生のやっかみはヤコ先生の痛い部分も突いたんだと思うよ。王道まっしぐらの自分の作風とはまた別に、ヤコ先生自身はトキオくんみたいなマイナー路線の漫画が好きだからね。世間的な成功とは別に、非・売れ線への憧れとかコンプレックスとか色々あるんじゃないかな。実際、飛び抜けて売れてるのになぜか賞とは縁のない人だから……」

溜息をつく手塚の足元で、ヤコ先生がむくっと起き上がった。

「……も、飲むよ！」

涙でぐちゃぐちゃの顔を拭《ふ》きもせずに立ち上がり、ずんずんと会場の外へ歩いて行く。

「ヤコ先生、どこ行くんですか。もう帰りましょう」

「やだ、このまま帰ったら、僕、マンションから飛び降りるかもしんない！」

前科があるだけに手塚とナツメは青ざめた。トキオがヤコ先生の腕をつかむ。

「なに馬鹿なこと言ってんですか。めでたい席なんだからとりあえず披露宴に――」

「うるさい、うるさい、トキオのばかちん。僕がこんなに傷ついてるのに、そんな落ち着いた対応すんじゃないよ。彼氏なら必死に慰めろよ、アホボケカス、スカポラチンキ～」

ヤコ先生は泣きながらゴロゴロ芝生を転げ回り、トキオはやれやれとしゃがみこんだ。

「……すみません。今のは俺が至りませんでした」

ぐすぐす泣いているヤコ先生の頭を、トキオがよしよしと撫《な》でる。ヤコ先生はガバッと起き上がり、バカバカバカと罵《のの》りながら、ぶつかる勢いでトキオにキスをした。

唐突なラブシーンに、ナツメは目を見開いた。トキオがヤコ先生をどんと突き飛ばし、焦ったようにナツメを振り返る。それを見て、ヤコ先生はポカンとした。

「な、なにその態度、キスしただけなのに突き飛ばすなんて……っ」

ヤコ先生の目から大粒の涙がぼろぼろっとこぼれ落ちる。

三秒後、黄昏《たそがれ》の美しい庭園に号泣が響いた。トキオが慌ててすいませんと手を伸ばす。それをはじき飛ばし、ヤコ先生は会場の出口に向かって駆け出した。

「もう生きていたくない！」

門の向こうは車がびゅんびゅん行き交う大通りである。世話になっている上司の披露宴を途中退席するわけにはいかない手塚を残し、ナツメとトキオがヤコ先生を追いかけた。通りでタクシーに乗り込む寸前のヤコ先生に追いつき、転がるように一緒に乗り込む。

「どっか連れてってください、誰も僕を知らない遠い場所へ」

へべれけでヤコ先生が叫び、運転手はいやあな顔で振り返る。

「酔っ払いはおことわ——」

「うるせえ！　いいから行けっつってんだよ！　新宿《しんじゅく》、新宿二丁目へ突っ走れ！」

いきなり山田貞行《やまださだゆき》に戻ったヤコ先生が、運転手の薄い頭をがしっとつかみガクガクと揺さぶる。トキオが慌てて止めに入り、ナツメが「すみません、とりあえず行ってください」と頭を下げ、運転手は青ざめながら車を発進させる。地獄ツアーのはじまりだった。

もう何軒目だろう。新宿二丁目などに足を踏み入れたことも初めてなら、酒を専門に出すバーに入ったのも初めてだ、しかも周りでは髪もメイクもモリモリに盛ったお姉さん、いや、元男のオネエさんたちがすさまじいノリのトークを繰り広げているのだ。

「ちょっとあんたたち、若いんだからもっと飲みなさいよ、飲まないと——」

あたしのバズーカが火を噴くわよっと、ヒゲの剃り跡も青々としたキャサリンがフリルびらびらのスカートをまくり上げる。一斉に「どこがバズーカよ、ニューナンブじゃない」「さっさとちょん切ってホルマリン漬けにしちゃいな」など、えげつないツッコミが入る。

オカマバーのノリについて行けずにほぼ地蔵と化しているナツメとトキオを尻目に、ヤコ先生はノリノリで楽しんでいる。しかしこれまでにもう二度も吐いているのだ。

「おい、ヤコ先生、まじで急性のアル中とかになるんじゃないか」

ナツメは小声でこっそり囁《ささや》いた。

「と言ってもどうしようもないだろう。帰ろうって言っても返事もしないのに」

そうなのだ。さっきからヤコ先生はずっとトキオを無視している。

「とりあえず、トキオから謝ってやれよ」

「なにを」

「その、さっきのキスの……」

口にするのも嫌だった。もちろん恋人同士だからキスをしたっておかしくない。それ以上のことだってしているだろう。でも頭で理解していても感情は納得しない。トキオの唇に自分以外の唇が触れた。思い出すと頭にカッと血が上る。なのに口は大人ぶる。

「ヤコ先生、突き飛ばされて傷ついたんだよ。だからお前から謝ってやれよ」

俯《うつむ》きがちにぼそぼそ話していると、いきなりスパーンとトキオの脳天で音が炸裂《さくれつ》した。

驚いて見上げると、オネエさんたちの小道具であるハリセンを持ったヤコ先生が、怖い顔で仁王立ちしていた。

「なんですか?」

トキオが冷静に問う。ヤコ先生はフンと顔を背けた。

「どうしたのよ、ヤコちゃん、彼氏にひどいじゃなあい」

「ひどいのはトキオだよ」

そのとき、店のドアが開いて派手な男たちが複数入ってきた。

「ヤコちゃーん、お待たせ」

と手を振りながらこちらへやって来る。その中の一人がヤコ先生にハグし、チュッと頬《ほお》にキスをした。ナツメはぎょっとし、慌てて隣を見た。トキオは平然としている。オネエさんたちとの会話から察するに、派手なイケメン軍団は近所のボーイズバーの面々らしい。

「ちょっと、あんたたちほどほどにね。今日はヤコちゃんの彼氏もいるんだから」

キャサリンの言葉に、ボーイズ軍団がえっとこちらを向く。

「いいの！　今夜はそういうの気にせずに遊ぶの！　ほらダイちゃんよそ見しないで！」

ヤコ先生はダイちゃんと呼ばれた男の胸にしなだれかかった。ダイちゃんがちらっとこちらを見る。トキオはどうぞと言うように黙って手のひらを差し出し、ダイちゃんは申し訳なさそうにトキオに拝む仕草をする。これで無礼講が成立した。

ナツメは生まれて初めてドンペリというものを見た。好奇心に負けて一口飲んだが、大してうまいと思わない。けれどボーイズ軍団が勢いよくかけるコールや、オネエさんたちが繰り広げる公害みたいな野球拳はつきあい程度に楽しんだ。空気を読むのは得意だ。

その一方、隣のトキオが気にかかってしかたない。

テーブルを挟んだ向こうで、ヤコ先生はお気に入りのダイちゃんを片時も離さずにずっとくっついている。腰に手を回し、顔を寄せ合い、キスしそうな距離で話をする。時折ちらっとこちらを見るので、どうもわざとトキオに見せつけているものと思われる。

トキオは終始無視を貫いているが、内心は面白くないに決まっている。キレたら怖い性格なので、見ているこっちがヒヤヒヤしてしまう。落ち着きなく経過を見守っていたときだ。

「名前、なんていうの?」

ふいに反対隣の男に話しかけられた。

「え、あ、萩原《はぎわら》ナツメです」

男はくすっと笑い、「こういうとこ、慣れてないんだね」と言った。確かに。こういうときは下の名前だけでいいのだ。しかし相手も「俺はフジくん」と名字で答えた。

「でも本名は工藤《くどう》ってんだよ」

「へ? じゃあなんでフジ?」

「昔ドヤンキーで喧嘩《けんか》強かったから、不死身のフジくん」

へえと相手を見た。見た感じ細くてそんな風に見えない。相手は「ごめん、ウソです」と笑った。本当は漫画好きで藤子不二雄のファンだからフジくんらしい。漫画好きと聞いてナツメは親近感を覚えた。漫画好きに悪人はいない。これは絶対にトキオの影響だろう。

「今夜は小嶺《こみね》ヤコ先生からの呼び出しだって聞いて、もう頼むから連れてってくださいって先輩に土下座でお願いしたんだ。パラドルの作者と一緒に酒飲めるなんて夢みたいだよね」

へへっと照れ笑いをするフジくんにはかなり好感が持てた。

「まじで今夜はラッキーだった。こんなに好みの子にも会えたし」

フジくんがそっと手を重ねてくる。なんだ？　ナツメが首をかしげたとき、びしゃーっと太ももに液体がかかった。いきなりの冷たさに思わず立ち上がる。

「悪い、手が滑った」

トキオがグラスを落としたらしい。

「まあ大変っ、大事なところがびしょ濡《ぬ》れよ！」

嬉しそうな叫びとともに、おしぼりを持ったオネエさんたちの手が一斉にナツメの股間《こかん》に集中する。わあああっと顔を赤らめながらナツメは逃げた。魔の手から逃れたときには、なぜかフジくんとナツメの間にはトキオが座っていた。

「あれ？」

首をかしげると、トキオが「なんだ」と無表情にナツメを見上げる。

「いや、なんでも」

まあいいかとそのまま座ったときだ。

「あんなミエミエの手に引っかかるな」

ぼそっとトキオが呟《つぶや》いた。

「え？　なに？　なんか言ったか」

「別に、なにも」

不機嫌そうにトキオが答えたと同時、またもやスパーンとトキオの脳天で音が炸裂した。見ると、やはりハリセンを持ったヤコ先生が怖い顔で仁王立ちしていた。

「さっきから、一体なんなんですか？」

トキオが問い、ヤコ先生は眉間《みけん》に皺《しわ》を寄せた。

「分かんないの？」

「………」

トキオが押し黙る。するとヤコ先生はハリセンでみたびトキオの脳天を打ちつけた。そして人差し指を立てて天井へ向けた。

「遠征行く子、この指とーまれ！」

ボーイズ軍団とオネエさんたちは一斉に「行くーっ」とヤコ先生にしがみつき、ヤコ先生は重みでソファに沈み込んだ。

大人数で夜の街に繰り出し、夜明け近くまで散々遊んだ。とはいえトキオとナツメは未成年なので、ヤコ先生が無茶をしないように見張っていただけだ。見張っているだけで結局は無茶をさせてしまったのだが……。途中で何人か脱落したが、みんな気にも留めない。

夜明け近く、最後はみんなでプリクラを撮ろうということになった。

狭い機械の中はぎゅうぎゅう詰めで、疲れ果てていたナツメは見ているだけにした。

しかし「なにしてんの、おいでよ」とフジくんが手を引っ張ってくる。

「俺はいいよ」

「だめだめ、俺、ナツメと写りたいもん」

最初は萩原くん、途中からナツメくん、ここに来てついにナツメになった。それはいいとしても、肩をぐいと引き寄せられて頰がくっついた。ちょっと接近しすぎだろう。しかしみんなキャアキャアと楽しそうなので空気を悪くするようなことは言わないほうがいい。

そのとき、幼なじみテレパシーなのか、前列のトキオが振り返った。ナツメの肩を抱いている手を見て眉をひそめる。そうしてゆっくり目線を移動させ、射るような目でフジくんに雄弁に脅しをかけた。びびったのか、フジくんはさっと手を引っ込めた。トキオの目は昔から妙な迫力がある。

ホッとして、カメラに向かってナチュラルな笑顔を向けたときだ。今度は手を握られ、ナツメは思わずフジくんを見た。

——こいつ、しつこい。

振り払おうとしたが、ぎゅっと強く握られる。騒ぎたくないので、顔はあくまで笑顔を作ったまま手だけで暴れる。途中、絡んだ指が小さくて硬いものに触れた。

——え？

ナツメは暴れるのを止めた。

右手の中指。一瞬だったが、あれはペンダコだった気がする。

確かめようとするが、ぐっと強く握られて確認できない。下を向こうにも狭い機械の中で押し合いへし合い状態なので分からない。フジくんか？　それともトキオか？　そのうち撮影が終わってしまい、みんながバラけるのと一緒に手も離れてしまった。

「フジくん」

外に出てから声をかけると、フジくんは「さっき、ごめんね」とバツが悪そうに謝った。それは肩を抱いたことか。それとも手を握ったことか。聞こうとしたが、フジくんはナツメの肩越しを見て、じゃあねと逃げるように仲間のほうに行ってしまった。振り向くと、すぐ後ろをトキオが歩いていた。もしや、またにらまれたのか。

――お前、さっき俺の手、握ったか？

フジくんにならスパッと聞けることを、トキオには聞きづらい。落ち着かない気分でなんとなく並んで歩いていると、後ろから「トキオちゃーん」とキャサリンの声がした。振り返ると、ヤコ先生が街路樹に抱きつくようにうずくまっていた。完全に沈没している。

「反省しなさい。これ、トキオちゃんのせいなんだからね」

キャサリンがへべれけのヤコ先生を指さす。トキオは黙ったままだ。

「反論しないところ見ると自分でも分かってんのね。ほらトキオちゃん、かがんで」

キャサリンはヤコ先生の身体を持ち上げ、トキオの背中におぶわせた。

そのまま四人でぶらぶらと前を行く集団を追いかける。

「……トキオちゃんさあ、ヤコちゃんにもう少し優しくしてあげなさいよ」

プラプラしているつけまつげをぶちっと取ってキャサリンが言った。

「よく愚痴られんのよ。トキオは僕のこと本当に好きなのかなあって。そりゃあ最初はヤコちゃんのほうから言い寄ったにしても、今夜のあんた、ちょっとそっけなさすぎよ。前に二人でお店に来たときはまだマシだったじゃない。まあ愛想がないのは同じにしてもよ」

過敏になる聴覚にナツメは必死に蓋《ふた》をした。これは聞かないほうがいい。

「まあ、こういう機会もなかなかないだろうから正直に言わせてもらうわ。トキオちゃん、あんた、ずるいわよ。あんたがヤコちゃんのそばにいるのって、単に東京出てきたとき一人で寂しかったからなんじゃないの。それとヤコちゃんが漫画家の『小嶺ヤコ』だったから。尊敬と愛情、分かってて混同してんでしょ。そのほうが自分に都合いいから」

かなりきつい。トキオはヤコ先生を担いだまま黙って歩き続ける。

「ねえ、ナツメちゃんもそう思わない？」

「え、俺は……」

「ナツメには関係ありません」

トキオがぴしゃりと言う。沈黙を挟み、キャサリンが溜息をついた。

「怖い顔。あんた、そういう顔もできるのね」

責めるようなキャサリンの目から、トキオは気まずそうに顔を背けた。

「若いからしょうがないけど、自分だけが賢いなんて思い上がらないようにね。うまく騙《だま》してるつもりでも、周りにはダダ漏《も》れなんてよくあるんだから。あんたが思うより他人はずっとものを見てるし、気づいてても知らないフリしてるだけのこともあんのよ」

話が抽象的になってきた。わざと核心をつかず、遠回しにトキオを諭しているようだ。ナツメにはよく分からないが、トキオには伝わっているんだろう。眉間には皺が刻まれ、難しい顔で黙々と歩いている。キャサリンがまた溜息をついた。

「中途半端なことしてヤコちゃんの気持ちに甘えてないで、だめならだめで、あんたからちゃんとケジメつけなさい。年下でも、金がなくても、男でしょ」

そう言うと、キャサリンは逞《たくま》しい足からハイヒールを脱いだ。それを両手で振り回しながら「ねえねえ、夜明けの牛丼食べましょうよ〜」と先を行くみんなの元へ駆け出していく。

ナツメはトキオと並んで、黙って夜明けの街を歩いた。

トキオの横顔はひどく落ち込んでいる。

プリクラでの手のことを聞きたいが、そういう雰囲気じゃない。

「……ケジメとか、つけなくていいからね」

ポツンとした呟き。見ると、ヤコ先生はうっすら目を開けていた。

「起きてたんですか」

トキオが問う。

「うん、でもトキオにおんぶされてたいから寝たフリしてた」

ヤコ先生が口元だけで笑う。トキオもわずかに口端を持ち上げた。

「トキオ、変なの」

「なにがです」

「いつもなら『起きたんなら降りてください』くらい言うのに」

トキオはなにも答えない。ヤコ先生ももうなにも言わない。

前を歩いているみんなが牛丼屋の前で「早くー」と手招きをしている。あれだけ酒を飲んだあとにまだ牛丼を食うのか。夜のプロフェッショナルたちの胃袋は恐ろしい。

「水商売は内臓がタフじゃないとやってけないな」

誰にともなく呟くと、トキオにおぶわれたヤコ先生がこちらを見た。

「僕は無理そうだから先に帰るね」

「あ、そうですね。気分悪いんだし早く帰ったほうがいい」

ナツメが通りを走るタクシーに手を上げたときだ。

「トキオ、送ってくれる?」

ヤコ先生が言い、ナツメは自分の気のきかなさに気づいた。同じマンションの上と下なのだから普通に自分が送ろうと思っていたが、こういうときは二人になりたいはずだ。

「あの、じゃあ俺はこれで。お疲れさまでした、と、ごちそうさまでした」

「僕こそ、迷惑かけてごめんね。ありがとう」

トキオはヤコ先生をおぶったままガードレールをまたぎ、大事そうに後部座席に座らせた。窓越しにヤコ先生が小さく手を振り、夜明けの街を二人を乗せたタクシーが走り去る。

トキオは一度もナツメを見なかった。

なんだか、あの夏の日を思い出して悲しい気持ちになってしまった。


その日は朝から緊張していた。面接に遅刻しないよう予定より早めに家を出たが、店に着いた途端、緊張は倍増しになった。いかにも老舗《しにせ》といった雰囲気の店構えに、ジーンズで来てしまった自分がひどく場違いに思える。正社員ではなくバイトなのだから、普段着で十分と思ったのだが、ナツメは自分の判断の甘さを後悔した。

案内された奥の事務所には、ナツメの他に三人の応募者がいた。面接してくれるのは三十代の若旦那風の男で、耳たぶが大仏みたいにふくよかだった。それぞれの履歴書を手に質問してくるのだが、ナツメ以外の三人ともが経験者だったことに驚いた。

一人はナツメも聞いたことのある調理師学校卒業。あとの二人は名前の通った有名な店で、それぞれ追い回しを何年か。……追い回しってなんだ。

「ええと、じゃあ最後。萩原くんは調理の経験は?」

「はい。仕事としてやった、いえ、携わったことはありません。昔から台所に立つのが好きで、家庭用の総菜なら一通り作れるんですけど……」

俯きがちに、どんどん声が小さくなってしまう。

「いいんですよ。調理スタッフと言ってもうちには板前は揃ってるし、募集してるのは雑用全般だから特に調理経験がなくても。必要なことは入ってから教えるし」

そんな条件なのに経験者が来るということは、ナツメが思っていた以上にここは有名店なのだろう。三十分程度で面接は終わり、ありがとうございましたと挨拶《あいさつ》をして店を出た。

方向が同じなので、自然と四人で話しながら駅へと向かう。ナツメとそれほど年も変わらないのに、みんな話し方も考え方もすごくしっかりしていた。

「不況だしなかなか満足いく勤め先はないけど、少しでもいい店で修業したいよな」

一人が言い、ナツメ以外の二人が大きくうなずいた。

「俺の先輩も前にここで修業してたんだ。板場の雰囲気がすごくいいって言ってた」

「板長の方針らしいぞ。見て盗めじゃなくてちゃんと教えてくれるらしい」

将来は板前を目指して、三人ともちゃんと下調べをして修業先を探しているようだった。ネットで少し調べて、テレビでも何度か紹介されている有名な店だと単にワクワクしていた自分とはすごい差だ。服装も、みんなジャケットを羽織っている。

みんなと別れた帰りの電車の中で、ナツメは深い溜息をついた。

——俺って甘いなあ……。

一週間以内に採用・不採用の電話がかかってくるが、結果は見えている。面接が決まっただけなのに、なぜかもう働く気満々だった自分がおかしい。カタタン、カタタンと午後の明るい街を電車が揺れながら走る。

帰ってから、インスタントラーメンで遅い昼食をすませた。今日はバイトの面接があるからと事前に説明して、ヤコ先生のところへは夕方から行く予定になっている。

先日の地獄ツアーのあと、トキオとヤコ先生は拍子抜けするほど普通だ。キャサリンの話を聞いた限り、二人は恋人同士としてはあまりうまくいってないようで、もしかしてあのあと別れ話でもしたんじゃないかと心配していたのだ。

けれどヤコ先生の部屋でトキオと鉢合わせしたとき、二人はいつも通りだった。相変わらずネームに詰まったヤコ先生が芸者座りで泣き崩れ、トキオはメソメソ泣くヤコ先生を米俵のように担ぎ上げて仕事部屋に運んでいき、ナツメの目の前でドアを閉めた。

「もう無理無理無理、チューしてくれないとネームできないーっ」

「ネームが終わったらしてあげます」

ドア越しにアホな会話を聞きながら、どっと力が抜けた。そして心のどこかで、ほんの少し二人が別れることを期待していた自分に気がついた。本当に馬鹿だ。

時計を見ると、そろそろ出勤時刻だった。身体がだるい。やる気も出ない。それでもとにかく働かなくてはいけない。人生はつらい。だらけていると携帯が鳴った。

知らない番号だ。もしやもう不採用結果が来たのかと通話ボタンを押すと、母親の会社の上司と名乗る男が出た。母親が職場で倒れて病院に運ばれたと聞かされ、冷水を浴びせられたように頭が冴えた。過労でしばらく入院になるらしく、とにかく家族である息子さんにとナツメに連絡をしたのだと言う。

「わざわざありがとうございます。すぐに帰ります」

「いや、病院は完全看護だから急がなくてもいいと思いますよ。実は萩原さんからは君に連絡しなくていいと言われているんです。息子は東京で仕事を頑張っているからと」

その言葉が胸に突き刺さった。とにかく連絡をくれた礼と、できるだけ早く帰ることを告げてナツメは電話を切った。顔を上げていられなくて、自然とうなだれてしまう。

しばらくその場に立ち尽くして、のろのろと顔を上げると、壁一面の窓に広がる東京の景色が目に飛び込んできた。まるで初めて見る景色のように呆然《ぼうぜん》としてしまった。

広い。なんて広い街だろう。自分のちっぽけさが痛いほど沁みてくる。

母親はすぐ退院できると上司は言っていた。でも過労だ。女手一つで働き詰めで、ほとほと疲れて倒れたのだ。親にそんな苦労をかけて、自分はここでなにをしているんだろう。

「……馬鹿だよなあ」

声にしてみると、とことん情けなくなって泣けてきた。

「お母さんが倒れた？」

しばらく帰省させてほしいと事情を打ち明けると、ヤコ先生は目を丸くした。

「おばさん、病気なのか」

ネーム進行の監視に来ていたトキオも心配そうに眉根を寄せる。大袈裟《おおげさ》になるのは嫌だったので、ナツメは大したことないからと笑ってごまかした。

「仕事はもういいから、早く帰ってあげなよ」

「いえ、今日はもう夕方なんで、明日の朝イチで帰省します」

今から帰っても着くのは夜で見舞い時間は終わっている。それに「息子は東京で仕事を頑張っているから」という母親の言葉が胸に刺さったまま抜けない。母親にウソをついて、ヤコ先生の好意に甘えて、この街でなんとか生きている。せめて今日の分の仕事だけはちゃんとしようと決めた。それが責任だ。嫌になるくらいささやかだけど。

台所で夕飯の用意をしながら、気を抜くと涙が込み上げてくる。強く唇を噛《か》むと、背後に人の気配を感じた。見なくても分かる。トキオだ。ナツメは涙を拭《ぬぐ》って振り向いた。

「なに？　飲み物か？」

笑顔を作ったが、トキオの顔は曇ったままだ。黙ってナツメの目元を指先で拭ってくれる。

「あ……。タマネギって沁みるよな。今夜カレーだぞ」

ほらとルーの箱を見せたが無視された。

「帰ってくるのか？」

真顔で問われ、ナツメは曖昧《あいまい》な笑みを浮かべた。

「分かんねえよ。先のことは」

「おばさん、そんな悪いのか？」

「ただの過労だって」

「じゃあなんで泣いてたんだ。なんで帰ってくるって言わないんだ」

仕事も恋もうまく行かなくて、こっちにいればいるほど自分の価値や居場所を見失ってしまうからだ。無理してまで東京に残るほどの理由がもう自分の中に見つけられないからだ。

「……やっぱ、母一人子一人だし」

そんな言葉で挫折《ざせつ》を誤魔化す自分も嫌だった。


その夜、部屋で荷物をまとめた。ここで暮らすことも多分もうない。あとで楽なようにちゃんと掃除をして、私物は全て向こうから送ったときに使った段ボールに戻し、当面の服だけを詰め込んだ段ボール一箱を近所のコンビニから宅配で実家に送った。

夜遅くでも明るい街を散歩がてらブラブラ歩く。これで東京も見納めかもと感傷に浸っていると、ウワアアンと覚えのある泣き声が聞こえた。振り向くと同時、勢いよくぶつかってきたのはやはりヤコ先生だった。

「ヤコ先生、どうしたんですか」

「……ナツメ」

ヤコ先生は尻もちをついたまま、顔をくしゃりと歪《ゆが》ませた。恐らく、またネームに詰まって脱走してきたのだろう。誰かと一緒にいたい気分ではなかったが、このままだとどこへ行くか分からない。ナツメはヤコ先生に手を貸した。

「よかったら、どっか甘いものでも食べに行きませんか」

「……え、いいの?」

「脳みその疲労には甘いものが効くって前にテレビでやってたんで」

ヤコ先生はパッと顔をほころばせた。少し歩いたところにあるカフェで、生クリームがたっぷり添えられたチョコレートケーキをつつきながらヤコ先生がぼやいた。

「あー、ばったり会ったのがナツメでよかった。これがトキオだったら襟首《えりくび》つかまれて自宅に連行されてたよ」

「でしょうね。それも愛情の裏返しだと思いますけど」

笑いかけると、ヤコ先生はふっと表情を曇らせた。

「愛情にも色々あるよね。友愛とか親子愛とか師弟愛とか」

若干引っかかったが、あえてツッコまずに流しておいた。夫婦喧嘩は犬も食わない。恋人同士のいさかいには首を突っ込まないほうがいいと先日の一件で学んだのだ。

「僕たち、別れるかもしれない」

なのに聞き流せなかった。胸の底が大きく揺れる。

「って言っても、喧嘩したとかじゃないんだよ。こないだの一件以来トキオはすごく優しいし、なんか必死に大事にしようって思ってくれてるのが伝わってくるんだよね」

「あのー、もしかして相談してるフリでノロけてません？」

ナツメは呆れ顔でおどけてみせた。ああ、また馬鹿を見た。しかしヤコ先生はちらっとも笑わず、ぐさりとケーキにフォークを突き刺した。滅多にない野蛮な仕草だ。

「必死に僕のこと好きになろうと努力してる、のが伝わってくる」

ああ——。ヤコ先生の言いたいことがやっと理解できた。

「トキオって、冷たそうに見えて律儀な性格なのかもね」

ヤコ先生は苦笑いでケーキを持ち上げ、難しい顔でむしゃりとかぶりつく。ナツメは意見を言うのは避けた。自分は第三者だし、過去を総合すると微妙な立場だからだ。

「や、ホント、ご連絡ありがとうございました」

ふと男の声が漏れ聞こえた。観葉植物で遮られた隣の席に客が来たようだ。

「最近読者アンケートの好きな作家さん欄に、よく仲村《なかむら》先生のお名前が上がるんですよ」

読者アンケート、仲村、という単語にナツメの耳はダンボになった。

ヤコ先生ももぐもぐケーキを食べながらそちらを見ている。

「先生は止めてください。ぺーぺーの新人なんで」

感情の乗らない低い声は、やはりトキオだった。相手は編集者らしい。

「うちの読者さんの間でも、仲村さんの描く女の子はかわいらしいと評判なんです。萌え系とは違う儚《はかな》い魅力があって、ふとした表情が非常にリアルだと」

「……どうも」

「うちは『パノラマ』さんとは路線が違いますし、お断りされても仕方ないとダメ元でご連絡を差し上げたんですが、こうしてお時間を作っていただけてありがたいです」

どうやらトキオは『パノラマ』以外でも仕事をするらしい。それも相手から是非にと乞われてのことだ。すごいなあとナツメは自分のことのように嬉しくなった。

「ところで、うちの雑誌『みるくせーき』をお目に入れてくださったことは……?」

「成人向けの美少女雑誌ですね」

成人向け? ナツメの胸に引っかかりが生まれた。ヤコ先生も眉根を寄せている。

「そうです、そうです。ああ、よかった。仲村さんの描く儚げな美少女キャラなら、今までにないエロティックさが出せると思うんですよ。それほどハードな設定にしなくても、胸ポロ程度でも充分萌える誌面が作れると確信してます」

　胸ポロ？　ナツメの胸にさらなる引っかかりが生まれる。

「……どうも。ただペンネームと絵柄を変えたいんですが」

「あ、覆面ということですか。でも絵柄をあんまり変えられるとウリが……」

「その分、設定をハード目に上げてくださって構いません」

「それはレイプものや痴漢ものでもOKということでしょうか？」

　トキオの描く漫画とは真逆を走る言葉の羅列に、ナツメはうっかりコーヒーカップを取り落とした。陶器がくだける音に店内の視線が集まる。

「ナツメ？」

　観葉植物の隙間越し、トキオと目が合った。

　ナツメは立ち上がり、観葉植物をぐるっと回ってトキオの前に歩み出た。

「トキオ、そういう漫画描くのか？」

「だめだよ、ナツメ。打ち合わせ中だから話ならあとで――」

　背後からヤコ先生に腕を取られ、しかし振り払った。

「待ってたら話決まっちゃうじゃないですか！」

　思わず声を荒らげた。剣幕に驚いて、ヤコ先生が一歩下がる。

「なあトキオ、オッパイとか、お前、まじで描きたいの？」

トキオはなにも言わない。

「誤解すんなよ。俺だってエロいの好きだから、そういう意味で責めてんじゃないぞ。けどトキオがそれを描きたいってどうしても思えない。お前、なんかおかしいぞ」

「別におかしくなんか――」

「トキオは昔から、自分の思ってること全部漫画にしてぶつけてたじゃねえか。お前が心底オッパイ描きたいなら堂々と『仲村トキオ』のペンネームで描くはずだろう。なのに名前や絵柄変えるとかせこいことして、自分にウソついてる証拠じゃねえか」

トキオは表情を変えず、静かに席を立った。

「すみません、今夜はちょっと。また改めてご連絡させていただきます」

編集者に頭を下げ、トキオは出口に向かった。慌てて追いかけたが、トキオは振り向こうともしない。ナツメはトキオの腕をつかんだ。後ろからヤコ先生もついてきている。

「トキオ、待てよ。ちょっと話しようぜ」

「いくら幼なじみでも、仕事のことに口を出すな」

トキオが不機嫌そうに振り返る。けれどナツメは引かなかった。

「トキオの場合は漫画＝お前自身だろう。だから言う。さっきの仕事、名前変えてウソまでついてやることなのか？　お前、なんか悩みとかあんじゃないのか？」

こんな馬鹿なことをする、なにか理由があるはずだ。しかしトキオはだんまりを決め込んで

いる。頑なに口を噤《つぐ》む様子から、余計なにかあるのだと確信した。

「トキオ、ちゃんと俺のほう見ろよ。さっきのとこ美少女エロって言ってたよな。トキオの作風とは合わないんじゃねえの。つうかジャンル自体違うんじゃねえの」

「そろそろ仕事の幅を広げようと思っただけだ」

トキオは重い口を開いた。

「今、そんな必要あんのかよ。『パノラマ』でも定期的に仕事もらってるし、大事に育ててもらってんだろう。連載も決まって周りにも期待されてんだろう。こんな伸《の》るか反るかの微妙な時期に、他の雑誌で自分の作風と全く違う漫画描く余裕あんの？」

「そんなもの、頑張ったらなんとでも――」

「なるわけないだろ！」

ナツメはついに声を荒らげた。

「お前みたいに頑固で職人タイプのやつが、あっちやって今度はそっちなんて、器用にコロコロ変えられるわけねえだろ。事情があるなら言えよ。お前がなんか隠してることくらい分かるんだからな。俺ら、何年のつきあいだと思ってんだ」

真剣に詰め寄った。漫画に関しては素人だから分からない。でもトキオのことなら誰よりも知っている。漫画はトキオの夢で、いつだって誠実に向き合ってきた。壁一枚挟んだ隣の部屋で、夜遅くまで原稿を描いているトキオの気配を感じていた。ずっと傍で見ていた。ずっと応援していた。今も、これからもだ。だからまあいいかで見過ごせない。

「もしかして、ナツメのため？」

ヤコ先生がポツリと呟いた。

唐突に自分の名前が出て、ナツメはえっとヤコ先生を見た。

「ナツメの家、母子家庭でしょ。失礼だけど、お母さんが入院になったら金銭的にも大変だよね。今はナツメも求職中だし、自分が助けてあげようと思ったの？」

「関係ないですよ」

トキオは即座に否定する。ヤコ先生は顔をしかめて馬鹿と呟いた。

「トキオとナツメは幼なじみなんだよ。小さいときからお隣同士で育って、ナツメのおばさんにはずいぶんお世話になったはずだろ。なのに関係ないって言い切っちゃうの？　そんな矛盾したネーム切ったら編集にツッコまれるよ。ウソならもっとうまくつかないと」

トキオは言葉に詰まった。

「トキオも色々考えたんだろうけど、その結果が美少女エロ描いて金を稼ぐ、ってすごく独りよがりなお子さま思考だよね。そんなことされてナツメが喜ぶと思う？　思うならトキオは恋愛漫画は、っていうか漫画そのものを描けない。人の心が分からないんだから」

容赦のない言葉にトキオは顔色を失った。

「お金が必要なら、まず僕に言ってくれたらよかったのに」

「……そんなこと、言えません」

重たげな呟き。それは余計にヤコ先生を怒らせた。

「なんで？　なんで言えないの？　ナツメを助けるために金貸してくれって僕に言いづらかった？　それって後ろめたいから？　トキオは本当はナツメが好きだから？」

畳みかけるようにヤコ先生は問いかける。トキオは言い訳もせずにじっと俯き、ナツメは口を挟むこともできず、ただ呆然と二人のやり取りを見つめるしかできなかった。

「恋は盲目ってよく言ったもんだよね。いつも冷静なトキオを、ただの馬鹿な十九歳にさせちゃう誰かがいるってことだ。で、それは僕じゃないってことだ」

挑戦的な口調とは裏腹に、ヤコ先生は今にも泣きそうに顔を歪ませていく。

それを見て、ナツメの心もぺちゃんこにひしゃげていく。

ヤコ先生は黙って踵《きびす》を返し、マンションとは逆方向に歩いて行く。トキオはその場に立ち尽くしたまま追いかけない。一瞬迷ったが、ナツメはヤコ先生を追った。

「ヤコ先生、待ってください。もう遅いから――」

手を伸ばすと、パシンと弾かれた。

「ナツメに優しくされるのが、一番きつい」

堰《せき》を切ったようにヤコ先生の目から涙がこぼれる。

「……ナツメなんて大嫌い。ナツメなんて東京に来なきゃよかったのに」

ぐすっと鼻を啜《すす》り、ヤコ先生は駆け出した。

ナツメは追いかけなかった。追いかけられなかった。

振り向くと、トキオがうなだれていた。

ナツメは話しかけなかった。話しかけられなかった。

二人分しか空いてない場所に、三人分の気持ちがギュウギュウに詰まっている。狭くて、みんなが苦しい思いをしていて、このままじゃどうにも動きが取れない。

誰かが出て行かなくちゃいけない……と思った。

4

翌朝、ナツメは午前中の新幹線で地元に帰った。

車窓越しに、ぼんやりと薄曇りの街を眺める。短い間だったけれど、人生初の体験が詰まった街だった。世間の厳しさとか、人の好意のありがたみとか、自分の甘さとか、色々。

もう戻らないと決めた景色が、すごい速度で後ろへ流れてゆく。

結局、ここでは自分の足跡を一つもつけられなかった。

東京に来ればトキオに会える、新しい街で新しい関係をはじめられる。仕事だってバリバリする。楽天的だった少し前の自分がおかしい。夢見たことはなに一つ叶《かな》わなかった。

悔しいというほどの熱い気持ちは生まれない。そういう気持ちは、頑張った人だけが持つことができる。今の自分には、情けなさややりきれなさしかない。

昨日、マンションに帰ってからトキオにメールを打った。

トキオの気持ちが嬉しかったことと、自分がしっかりしていないせいで迷惑をかけたことを謝って、自分はトキオの漫画が好きだから、これからもトキオらしい漫画を描いてほしいことを伝えた。いつものように茶化したりせず、真面目に気持ちを言葉にした。

一晩中起きていたが、トキオから返事はこなかった。

シートに深くもたれ、ナツメは今までのことを振り返った。

そのときは分からなかった色々なことが、ふうっと単純に見えてくる。

プリクラを撮っているとき、ナツメの手を握ってきたのは誰なのか。その前からフジくんの接近を阻止してくれていたことも。原稿を手伝いに行ったときのことも。もし今、自分がトキオに好きだと告げたら状況は変わるだろうか、と考え、でも思い切れないまま夜が明けた。

——ナツメなんて大嫌い。ナツメなんて東京に来なきゃよかったのに。

ヤコ先生の泣き顔が頭の片隅でクルクル回る。上京初日に会社が倒産して、住むところもなかった自分に家や仕事を世話してくれた。本当に親身になってくれた。馬鹿だな、そんなの無視しちまえよ。面倒なこと考えずに、欲しいものに手を伸ばせよ。そう囁く自分もいる。どちらも自分で、元は同じ気持ちの裏表だ。黒と白が回転扉みたいにクルクル回る。回るばかりで、どちらの面にも止まれずにいる。


「やだ、あんた、なんで帰ってきてるのよ」

病室に現れたナツメを見て、母親は目を丸くした。病室には昨日電話をくれた母親の会社の上司だという人もいて、日曜なのにご苦労さまなことだと思いつつ礼を言った。

「もう、あんなにナツメには言わないでって頼んだじゃない」

「ごめんよ、佳世《かよ》ちゃん。でもやっぱり一人息子さんだし」

佳世ちゃん、と母親を名前で呼んだところでピンと来た。もしやという顔をしているナツメに気づいて、母親が「馬鹿っ」と上司の腿《もも》をぴしっとぶつ。ああ、これはビンゴだ。

「初めまして。お母さんとおつきあいをさせてもらっている山内《やまうち》です」

やっぱりなご挨拶をされ、ナツメは焦ってどうもどうもと頭を何度も下げた。病室でする話でもないので三人で中庭へ出て、そこで再婚の意志があることを母親から告げられた。

お相手の山内は妻と死別した五十代のサラリーマン。二人の子どもがいるが、どちらも独立して家を出ているのでコブはなし。つきあいは五年前からで、今回の入院騒ぎで心配した山内が正式にプロポーズしたのだと言う。退院後は、とりあえず山内の家で暮らそうと思っていると母親から相談され、もちろんナツメに異論はなかった。今まで女手一つで苦労して自分を育ててくれたのだ。これからはたくさん楽をして幸せになってほしい。

「だからね、ナツメも早く東京に戻りなさい。仕事休んで帰って来てくれたんでしょう。お母さんには山内さんがついてるから、あんたはなにも心配しないでいいのよ」

温かいほほえみが後ろめたくて、ナツメは咄嗟《とっさ》に目を伏せた。

「ん？　なによあんた、なにか隠しごとしてるんじゃない？」

母親はすぐに勘づいたようだ。さすが直《じか》に会うと親は騙せない。

「もしかして、やっぱり再婚に引っかかりを感じてるんじゃないかい？」

山内も不安げに問いかけてくる。このままではまずい。

「や、その、なんていうか……。俺、仕事、してないっていうか」

「はあ？」

母親と山内が同時に首をかしげる。

そのあとは大変だった。辞めたにしても早すぎるでしょうとか、倒産？　じゃあ東京でなにしてんの、どうして今まで黙ってたの、さっさと帰って来なさいと母親にまくしたてられ、早々に帰郷が決定してしまった。言われるまでもなく、そのつもりだったので不満はない。

「うちは一軒家だから、ナツメくんの部屋もちゃんと用意できるからね。仕事のことも、よかったら相談にのれることがあると思うから、遠慮せずになんでも言っておくれね」

細かいことには触れず、山内はそう言ってくれた。ナツメにとっての父親ではないが、母親の夫としてとてもいい人だと思える。ナツメは素直に礼を言った。

そのあと母親と少し話をしてから、久しぶりの家路を辿《たど》った。

どこにでもある見慣れた地方都市の夕暮れ。山を削って作られた市営住宅、白い豆腐みたいな建物群。東京に比べるとなんて小さい町だろう。でもここが自分の生まれた町なんだなと実感する。懐かしさを感じるほど離れていたわけではなく、逆にリアルを感じた。

なんだか、自分のちっぽけさを思い知るために上京したみたいだ。大人になって選択肢はぐんと広がったように思えたのに、数ある自由の中で自分の手がつかめるものは少なかった。自分の手や足の長さ、それらが届く範囲を思い知らされることは少し悲しい。

夕暮れの空の下、ナツメはヤコ先生に電話をした。

昨日のことには触れず、地元に戻ることにした事実を淡々と話した。荷物の片付けと挨拶のために近いうちに一度上京することを告げると、ヤコ先生は言った。

「僕、止めないからね」

素直な人だなあとナツメは口元だけで笑った。変人だし、オネエだし、泣き虫だし、好き嫌いも多いし、ナツメの恋敵で、でもそれ以上にいい人だった。

「たくさんお世話になりました。ヤコ先生のおかげで、東京暮らし楽しかったです」

ヤコ先生からの返事はなく、そのまま電話は切れた。

三日後、母親は退院して帰宅した。といっても再婚相手の山内の家だ。

母親は頻繁にこの家に出入りしていたらしく、玄関には母親用のスリッパ、居間には母親用の座布団、洗面所には母親用の歯ブラシまであった。別にいいのだが、ナツメのほうが照れてしまう。母親も赤い顔で、じろじろ見ないでよ、いやあねと茶化していた。

「やっぱり病院より家が落ち着くわ」

居間に足を投げ出して母親はほっこりしている。母親が馴染《なじ》んでいるならそれでいい。でもやっぱりここではナツメは落ち着けない。まだ向こうを引き払ったわけではないので、ナツメは市営住宅に帰ることにした。山内も母もナツメの気持ちを尊重してくれた。

――やっぱ、俺があそこに住むってのは違うよなあ。

帰り道、バスに揺られながら考えた。地元に帰ってくるにしても、仕事を見つけて自分は独り暮らしをしたほうが自然だと思う。大昔は父親と母親とナツメ。次は母親とナツメ。パズルはばらけ、新しいピースを足し、また違う絵を描いていく。少し寂しいけれど、これはこれで幸せなことだ。家族の形もどんどん変わる。人との関係もどんどん変わる。

――トキオとは、これからどうなるのかな……。

バスを降りて、一人で市営住宅への道を歩く。ここにはあらゆる思い出が詰まっている。若い母がいて、幼いナツメがいて、それと並んでいつでもトキオがいた。

この木の枝に住んでいる蜘蛛《くも》が、一番大きな巣を作るんだと教えてくれた。

雨上がりにはキラキラ光るビーズの水滴が巣を飾る。

西の山から飛んで来る黄や緑の綺麗《きれい》な野鳥。

捕まえようとナツメが言ったら、捕まえたら綺麗じゃなくなるとトキオは言ったっけ。

あの道も、この道も、トキオと一緒に歩いた。

薄暗い市営住宅の階段、少し前を行く猫背の大きな背中。

散髪が苦手で、伸びっぱなしの髪はいつでも裾が一筋ピンとはねていた。

かったるそうな歩き方や、曲がった制服のタイも昨日のことのように思い出す。

一歩進むたび、思い出の残骸を拾い集めるような帰り道に、足がどんどん重くなる。

ナツメは歩道の真ん中で立ち止まった。

うなだれた頭のてっぺんを、夏にはまだ早い太陽がじりじり焦がす。

平日の昼下がり。辺りには誰も歩いていなくて、世界中に自分しかいないみたいで、やたら心細くなる。今の自分は学生でもなく、働いてもおらず、恋人はおらず、誰も待っていない家に一人で帰る。一つ一つは些細《ささい》だけれど、積もると結構ダメージをくらう。

分かっているのだ。いいことも悪いことも平等にあふれた世の中を、みんな魚みたいにグルグル回遊しながら生きている。自分にだってこの先いいことがたくさんあるだろうし、そのためにこれからしなくちゃいけないことも分かっている。

とことんまでへこんで、納得したら家に帰る。帰りに買った求人情報誌を開いて、めぼしい会社をチェックする。痛い失敗をしたから、今度はうまくやろう。小さな積み重ね。それしかない。分かっているのに、涙で視界が膨張したみたいにぼやけていく。

前向きすぎる言葉は空々しくて、ついて行けずに置いてきぼりにされるばかりだ。

「……うっ、ふ、うっ……っ」

涙と一緒に引きつった声が漏れた。

トキオに会いたい。すごく、すごく、会いたい。

他の誰でもない。こんなとき、そばにいてほしいのはトキオだけだ。

ナツメは携帯を取り出し、トキオの番号を呼び出した。少しでも迷ったらかけられない。頭の中をカラッポにして通話ボタンを押す。三コールでつながった。

「——もしもし？」

トキオの声だ。それだけでまた涙がこぼれた。

すぐに声が出なくて、ずずっと洟《はな》をすすった。

「ナツメ？　なにかあったのか？　おばさんか？」

矢継ぎ早に問われる。ナツメは首を横に振った。電話だから見えるはずがないのに。けれどもう余計なことは話したくない。伝えたい言葉がようやく舌の上に乗っている。

「俺はトキオが好きだ。友達じゃなく」

余計なことは考えず、一息で言った。

「本当は、トキオと同じ街で暮らしたくて就職も東京に決めた。俺、馬鹿だから、お前がいなくならないと、お前のこと好きだって気づけなかった。離れてる間にお前に恋人ができてるなんてことも考えなかった。お前はずっと俺のこと好きだって思い込んでた」

涙で顔も声もぐしゃぐしゃで、時折ヒッと息が引きつれる。意味なくごめんと何度もしゃくりあげた。子どもみたいでみっともない。でも言葉は止まらなかった。

「い、今さら都合いいけど、もうだめかな。俺、もう間に合わないかな」

泣きながら話していると、バスのエンジン音が聞こえた。すぐそこの停留所から駅へ行くバスだ。ナツメは携帯を強く握りしめた。

「今からそっちに戻る。夕方には着くから」

「え、おい、ちょっと待──」

通話を切り、ナツメは停留所へ駆け出した。

会いたいから、会いに行く。

会ったら、一番に好きだと伝えよう。

自分にはトキオが必要だと、そばにいてほしいと言おう。

バスが停まり、後ろのドアが開く。乗り込もうとしたとき「ナツメ！」と名前を呼ばれた。見ると、通りの向こうにタクシーから降りてきたばかりのトキオがいた。道を横切ってこちらに走ってくる。

「なんでここに──」

「タクシーの中からお前がいるの見えて、慌てて降りた」

「お前を追いかけてきたに決まってるだろう」

ぶつけるみたいな告白に涙も引っ込んだ。すぐには反応できない中、トキオの口端が青黒く染まっていることに気づいた。どう見ても殴られた痕だ。一体誰に、なんて聞かなくても分かる。ナツメの視線を辿って、トキオが思い出したように口元に手を当てる。

どちらもなにも言えなくて、ナツメは足元の影を見た。

トキオがここにいるということは、『そういうこと』なのだ。

トキオの表情は色んな感情があふれ出る一歩手前のように苦しげで、ナツメもかける言葉が見つからない。昼下がりの静かな道の向こうから自転車が走ってきた。チリンとベルを鳴らされ、道の真ん中に突っ立っていたナツメとトキオは端にどいた。

「……座ろ」

すぐそこのバス停に古ぼけたベンチがある。空色のペンキがはげたベンチに並んで座る。しばらくそのまま黙っていると、すうっと風が吹いてきた。街路樹の陰になっているせいかひんやりと気持ちがいい。葉の隙間からこぼれ落ちる不定形の光が、自分たちを包むようにゆらゆら揺れて、水の中にいるように心が少しずつ落ち着いていった。

「昨日……」

トキオがポツリと呟いた。ナツメは前を向いたまま続きを待った。

「……昨日、ヤコ先生と話をした。ナツメはもう東京に帰ってこないらしいけど、どうするって聞かれて、追いかけていいですかって聞いたら、いいよって一発殴られた」

「……うん」

「東京行ったとき、これでお前を忘れられるってホッとした。会わなかったらきっと忘れられるって。ヤコ先生とも、いいかげんな気持ちでつきあったんじゃない。時間をかけたらきっと好きになれるって思ってた。結果はまあ、キャサリンに言われた通りだけど」

――あんたがヤコちゃんのそばにいるのって、単に東京出てきたとき一人で寂しかったからなんじゃないの。それとヤコちゃんが漫画家の『小嶺ヤコ』だったから。尊敬と愛情、分かってて混同してんでしょ。そのほうが自分に都合いいから。

続きを待っていたら、それだけと言われて力が抜けた。

余計な修飾のない、ただ事実を並べただけの説明だった。そっけなくて、逆に色々あっただろうことが透けて見える。一体どんなやり取りがあったのか。気になるけれど、聞かなかった。恋の始まりから終わりまで、そこで生まれた色んな感情や出来事は二人だけのものだ。

「変わんないな、この町は……。俺みたいだ」

ベンチに深くもたれて、トキオは目の前の風景を眺めた。

「昔から少しも成長しない。ナツメのことになると、馬鹿ばっかりやらかす」

トキオはうなだれ、足元で揺れている木漏れ日を見つめた。

「……ずっとお前が好きだった。ずっと、ずっと、忘れられなかった」

甘い告白なのに、全然そんな風には聞こえなかった。

それよりも、自分の弱さで大事な人を傷つけてしまった後悔が伝わってくる。

途方に暮れている子どものようで、ナツメはトキオの手を握った。

自分のために馬鹿をやらかすトキオが好きだ。

そのために傷ついた人がいることを知っていても——。

ひどく身勝手で、残酷で、それでも手放せない気持ちがある。

諦められなくて、何度でも手を伸ばしてしまう。

「……馬鹿でもなんでも、俺はトキオが好きだよ」

トキオがこちらを見た。真っ黒で吸い込まれそうな瞳だ。

図体はかなりでかくなったのに、目だけは昔から変わってない。

「ずっと、ずっと、トキオと一緒にいたい」

人通りの途絶えた午後の街で、自分からトキオにキスをした。


帰り道の短い距離はひたすら無口だった。市営住宅の薄暗い階段。家まであと少しなのに待ちきれなくてまたキスをした。外に面した踊り場から、目の端に青い空が見える。

部屋に入るとき、トキオがお邪魔しますと小声で言った。

「なんだよ、今さら」

「なんとなく」

トキオがバツが悪そうに答える。狭い玄関で靴を脱ぐ大きな猫背の背中。あんなに逞しくなく、痩《や》せてひょろひょろしていた時代から知っている。でも今日はいつもと空気が違う。ちょっとよそよそしく、アンテナがピンと立っているような感じが落ち着かない。

「今日暑いよな。なんか飲む? ジュースあったかな」

冷蔵庫を開けたが、後ろから伸びてきた手がパタンとドアを閉めてしまった。

振り向く間もなく、背中から抱きしめられた。

「おばさん、帰ってこないんだっけ」

かっと頬が熱くなった。これはもう別のなにかの確認と一緒だ。血の巡りが速くなって、心臓の辺りをどくどく流れているのを感じる。

「うん、再婚相手んちでまったりしてる」

緊張して余計なことまで付け足してしまった。無言で自室へ引っ張られ、ベッドに二人並んで腰を下ろした。トキオの口元は怒っているみたいにへの字に引き結ばれている。

手はしっかりとつながれたまま、沈黙が流れる。

間が持たなくて、ナツメはなんとなく室内を眺めた。

薄暗い台所と違い、南向きの窓からさんさんと昼間の日差しが入ってきて部屋はひどく明るかった。見慣れた自分の部屋。小学生のころから使っている六・三・三の机。側面に特撮ヒーローのシールを貼ったのはナツメで、緑色の鳥の絵を描いたのはトキオだ。

無邪気だった自分たちにそこかしこからのぞかれているみたいで落ち着かない。せめてカーテンを引こうと立ち上がったら、手を引っ張られて浮いた腰が落ちた。ナツメを見るトキオの顔はこちらがたじろぐほど真剣だった。

「……カーテン」

閉めたいという意思は伝わったはずなのに、無視された。

台所でいきなり冷蔵庫がモーター音を大きくさせた。遠くからバイクが通りすぎる音が聞こえる。シャツの内側で汗が一筋流れた。余裕など一ミリもないくせに、周囲のことがやたらと気になる。ひどく暑い。身体の中に一足先に夏が来たみたいだ。

トキオがゆっくり顔を寄せてくる。

目を瞑ると唇が触れ合った。少し触れただけで離れて、また触れてくる。軽い羽根みたいなキスを繰り返しながら、つないでいないほうの手が肩を這い上ってくる。

じりじりとキスが深まって、ベッドに倒れ込んだ。

舌を絡め合うようなキスは慣れてない。戸惑うナツメを待ちきれないように、骨張った手が脇腹から腰をせわしなく往復する。頬、耳、首筋、キスの範囲がどんどん広がっていく。トキオの唇が熱をまき散らすせいで、全身にうっすら汗が噴き出してきた。

シャツの裾から手が入ってきた。汗ばんだ肌の上をじりじりと這い上り、指先が、胸の突起に辿り着く。まだなんの兆しもない場所で指先が遊びはじめる。

反射的に食いしばった奥歯もキスでほどかれた。

息苦しくて、酸素が欲しいのに、身をよじってもどうにもならない。

胸から生まれる違和感が少しずつ形を変えていく。

固くなってしまった粒を指先でこすられるたび肩が弾む。奇妙な疼《うず》きは血液に乗って全身に拡散して、どんどん吐息を甘ったるくさせる。

「…っ、ん、ふ……っ」

シャツをめくり上げられ、直接口に含まれた。小さな器官に濡れた感触がまとわりつき、輪郭のぼやけた刺激がはっきりと快感という形になって下肢を持ち上げはじめる。

「……っ、ちょ、待……っ」

ハーフパンツのボタンに指がかかり、下着ごとずらそうとする。反射的に腕をつかんでしまった。トキオの動きが止まる。しまった。いきなりだったので思わず抵抗してしまった。恥ずかしさをこらえて手を離すと、ゆるく立ち上がった性器に長い指が絡みついてくる。

「……んっ」

やんわりと上下にこすられ、トキオの手の中でそれはみるみる育ってしまった。

ダイレクトな刺激の間も胸への愛撫《あいぶ》が止まない。熱を持ったように赤く膨らんでしまった先を舌で転がされるたび、生まれた疼きは下肢へと沈んで性器を泣かせてしまう。

トキオの手の動きに合わせて、下肢でくちゅりと音が立った。

ぬるりと滑る感覚に声が漏れそうになる。

自身の先端からこぼれたものなのは明白で、カッと頭の芯まで熱くなる。

自分でするよりはもどかしい刺激を追いかけて、体温がどんどん上がっていく。

「トキオ……、も、無理」

ぎゅっとしがみつくと、呆気《あっけ》なくそれはやって来た。身体中の血が一点に集まって、トキオの手のひらに包まれたままドクリと性器が弾けた。

「うっ…、んうっ」

吐き出すリズムに合わせて幾度か茎を揉《も》まれ、たまらず腰がよじれた。

射精の緊張がほどけるにしたがって、身体がぐったりと重くなる。

「……ナツメ」

興奮で息を弾ませているトキオと目が合った。汗で湿った前髪をかき分け、何度も額に口づけてくる。心地いい反面、男同士なのに女扱いされているようで気恥ずかしくなる。

けれど、悠長に恥ずかしがっている暇はなかった。

中途半端にたくしあげられたシャツを脱がされ、途中で絡まっていたハーフパンツと下着をまとめて足から抜かれる。そうして自らも服を脱いだトキオが覆い被さってくる。

素肌同士が密着する感覚は、ひどく艶《なま》めかしかった。汗をかいているせいで、離れるときに薄いセロファンを剝《は》がすときのような抵抗が生まれる。離れたくないと肌同士が言っているようだ。引きずり込まれるように行為に没頭していく中――。

不意打ちの刺激に身体が強張《こわば》った。背後の窄《すぼ》まりにトキオの指が触れている。

反射的な恐怖が生まれるが、トキオの身体で両足を割られた体勢では逃れようがない。

指が動き出す。先ほど吐き出したナツメ自身のぬめりを借りて、しっかりと閉じている場所をほぐしにかかる。恥ずかしさと不快感でナツメはもがいた。

「トキオ、それ、待……っ」

必死に肩を押しのけると、指は大人しく離れていった。

「止めるか？　怖いなら無理にはしない」

「け、けど……」

ここまで来て、それはトキオがつらいだろう。

「俺ならいい。ナツメがその気になるまで待つ」

そう言うくせに、切羽詰まった目の色が口よりも雄弁に欲しいと訴えかけてくる。その目を見ているうちに、少しずつ動揺が静まってきた。

「……いい、俺もしたい」

以前に本で見て、男同士の行為について知識はある。気持ちいいこととは到底思えず、逆にすごく痛そうだった。でもいい。トキオがしたいなら、ナツメもしたい。好きな相手を喜ばせたい。単純だけど強い気持ちだ。

「けど俺、やり方とかよく分からないから、教えてくれると助かるんだけど」

素直にそう言ってみた、トキオは少し考えてから、遠慮がちに口を開いた。

「じゃあ……なにか濡らすものがあれば」

「濡らす?」

意味が分からず問い返すと、トキオが困った顔をした。

「そのままじゃ入らないから、クリームかオイル系の……」

用途を理解し、首筋まで熱くなった。トキオも微妙に目を逸らしている。

「悪い。急だったから用意してなくて」

「いや、いいよ。俺もなんも知らなくてごめん」

明るい昼間の部屋に沈黙が漂う。こういう間はたまらない。

「ベビーオイルみたいなのでいいなら、確か洗面所にあった気が――」

言い終わらないうちに、トキオは赤い顔で部屋から出て行った。

一人になってから、ナツメはベッドで丸まって身悶《みもだ》えた。恥ずかしい。居たたまれない。それ以上に、これからはじまることを思うと内側から爆発しそうになる。

トキオはすぐに戻ってきた。手にはちゃんとオイルの瓶をもっている。

ナツメはなるべくそれを見ないようにした。それでなくても窓からさんさんと差し込む光が昼間を主張して、ひどく背徳的な気分になるのだ。

「寝て、足、開いて」

また顔が赤らんだ。行為よりも、そこへ行き着く過程が恥ずかしい。ナツメはそろそろとベッドに横たわり、膝《ひざ》を立てた。ありったけの努力をかき集め、少しだけ開いてみる。

「もうちょっと」

膝頭にトキオの手がかかる。わずかだった隙間を大きくされ、火を噴きそうな羞恥に襲われた。反射的に顔を背け、枕に押しつけてやり過ごす。

「……っ」

濡れた感触を狭間に感じて、思わず息を詰めた。ぬめりをまとった指が、入り口をもみほぐすように円を描く。そんなところを他人に、それもトキオにいじられているなんて耐えられない。気をゆるめると抗《あらが》いそうになる四肢を、シーツをつかんで必死で食い止めた。

指は、入りそうで入らない微妙な動きを繰り返す。オイルをたっぷりとつぎ足され、小さな口がじんわりとほどけてくる感覚は予想以上に不快だった。

――もう、入れるなら早く入れろ。

なのに、いざ指が潜り込んできたときは呼吸が引きつった。たった一本。乱暴な動きでもない。痛みもない。けれど身体は本能的に異物を排除しようとする。

やっぱり嫌だ。気持ち悪い。我慢しろ。いつかは終わる。嫌だ。我慢しろ。

頭の中で単語が乱舞する。

「ナツメ、少し力抜いてくれ」

我に返ると、いつの間にか膝を閉じてトキオの動きを阻止していた。

「ご、ごめん」

意志の力でなんとか力を抜くと、再び指が蠢《うごめ》きだす。奥まで差し込まれたり、浅い場所でぐるりと円を描かれたり、なにかを探すように内側をくまなく探られる。

ぐっと奥歯を嚙みしめて我慢する中、それは突然起きた。

軽い電気が走ったような感覚にひくりと内側が反応した。もう一度同じ場所を、今度はやや強く押された。びりりと倍になった感覚に腰全体が跳ねる。

「ここか？」

生まれた感覚は、今度こそはっきり快楽という形をなした。

自分でもどことは分からない場所を刺激されるたび、強すぎる快感がわき起こる。それは瞬く間に下肢全体に広がって、二度目の解放を求めて性器が再び頭をもたげてくる。

「ト、トキオ、それ、なんかおかし……っ」

こんな感覚は知らない。性器に直接与えられる快感とは全然違う。

たまらず膝を閉じようとしたが、腰を入れられて阻止された。

「や、止め、それ、や……っ、んうっ」

足を閉じようにも閉じられず、執拗《しつよう》にそこばかりを責められる。途中で指を増やされ、ぬめりをつぎ足しながら、ゆっくりと出たり入ったりを繰り返す。オイルのせいか痛みはなく、くちゅりといやらしい音が立って、いやが上にも快感を増幅させる。

「トキオ……、も、いい、から、それ、や……」

「ちゃんとほぐさないと、ナツメがあとでつらい」

「け、けど……あっ、あ」

足裏がやたらと熱くなって、踵《かかと》を何度もシーツにこすりつける。こらえてもこらえても、泉みたいにあふれる快感に性器は完全に立ち上がり、小さな窪《くぼ》みからはひっきりなしに蜜がこぼれて茎全体を濡らした。熱い湯に浸けられたみたいに頭がのぼせる。

「んうっ」

いきなりの感触に呼吸ごと引きつった。じわじわと雫《しずく》をあふれさす先端部分を、柔らかく濡れたものでくるまれている。視線を下げると、足の間にトキオが顔を伏せていた。

「や……、それ、あ、あっ」

丸く張り出した先端を咥《くわ》えられ、とぷんと快楽の波間に沈められる。

尖らせた舌先で小さな窪みをくじられ、あふれてくるものを啜《すす》られる。強烈な刺激に内腿がびくびくと震え、意思とは関係なくどんどん身体が拓かれる。

「だめ、だって、それ、や…っ、も……」

さっき達したばかりなのに、またその気配が近づいてくる。よじれる腰を押さえ込まれ、また指を増やされた。前も後ろも気持ちよすぎて、もうわけが分からない。

「もう、いいか？」

熱に塗《まみ》れた声がなにかを囁く。わけが分からないままうなずいた。ゆっくりと指が引き抜かれていく。ぼうっと見上げると、トキオと目が合った。ひどく息を乱している。

「力、抜いといて」

言われずとも、もうどこにも力など入らない。

ゆっくり、密着した部分に圧がかかる。

くぷりと狭い場所が口を開け、トキオのものを呑み込んだ。じりじりと入ってくる。さんざん指で慣らされたおかげか、苦しいけれど恐れていたような痛みはない。

「……大丈夫か？」

侵入が止み、きつく瞑っていた目を開けた。

自分の中に、自分以外のなにかがいる。おかしな感覚だったけれど大丈夫だ。

うなずくと、息を乱すナツメの頰にキスが落ちてくる。

額、頰、唇、顎《あご》。どしゃ降りみたいなキスと一緒に、小さく腰を揺らされた。

「つう、ん」

じんと痺《しび》れるような快感が広がった。戸惑う間にも小刻みに揺らされ続け、身体は徐々に異物を受け入れていく。少しずつ力を増していく、波みたいな快感が全身を浸していく。

「ちょ、ま、待った……」

「痛いか?」

違う。違う。気持ちいいのだ。こんなことは予想していなかった。どう伝えていいのか分からなくて首を振ると、トキオはすぐに動きを再開させた。

「……っ、う、んんっ」

どれだけ噛みしめてもすぐに唇がほどけて、甘ったるい息が漏れてしまう。手のひらを当てて声を閉じ込めようとしたが、なんなく引きはがされた。

「は……あ、んっ…あ…」

熱いし、暑い。ぼんやりと霞がかかったような頭で、次第に快感を追いかけることだけに夢中になる。

律動の最中、トキオと息を合わせようと意識せずとも腰が揺れてしまう。

中になる。トキオが身体を起こした。腰を抱え上げられ、膝の上に乗せられる。自然と足が開いてしまい、つながっている場所がさらされる格好に首筋まで赤く染まった。

「……っや、これ」

膝を閉じようとしたが、内腿に這わされた手でぐいとさらに大きく開かれる。明るい室内で秘められた場所をくまなく見つめられ、神経が焼き切れそうな羞恥に襲われた。

「や、離せって……あっ」

逞しく張り出したものが浅い場所を出入りしはじめる。ある一点ばかりをこすられ、ナツメ

は必死で首を左右に振り立てた。そこはだめだ。なんだか分からないけどだめなのだ。けれどどれだけあがこうが、身のうちから生まれる熱からは逃れられない。

気持ちよすぎて、いっそ苦しいほどだ。行為はますます激しさを増してくる。触れられてもいない性器が悦《よろこ》ぶみたいに涙をこぼして、つながった場所までぐっしょりと濡らしていく。

「ト、トキオ、も…、や、そ、こばっか、いやだ……」

どれだけ訴えても無駄だ。小刻みに揺すり立てられ、肌の表面がビリビリするような刺激が走って、いいのか、嫌なのか、自分でももうよく分からなくなった。残り少ない理性が子どもの積木遊びみたいに簡単に崩れて、ナツメは自分から腕を伸ばしてトキオを引き寄せた。

もっと。もっと欲しい。奥まで来てほしい。

そう言った気がするし、言わなかったかもしれない。どちらでもいい。

しっかりと抱きしめられて、ぐっと奥まで突き入れられる。中で大きく腰を回され、引きつった声が飛び出した。腰を抱え上げられ、どんどん揺れが大きくなる。

気持ちよくて、苦しくて、声も出ないほどの快感があることを知った。

二人で一緒に同じ坂道を駆け上がる。全身の熱が下肢に集まって、ふっと頭の中が真っ白になった。快楽が大きく弾けて、二人同時に熱を放つ。

「……ナツメ」

力尽きたようにトキオが全体重をあずけてくる。重い。幸せな重みだ。

汗まみれで、息が整うのも待ちきれずにキスをした。

ただでさえ足りない酸素が、さらに欠乏して頭がくらくらする。

至近距離で視線を絡ませながら、ひどく不思議な感じがした。小さいときから同じ時間を過ごして、知らないところなどなに一つないと思っていたのに、こんなトキオは初めて見る。

好きだ。好きだ。ナツメが死ぬほど好きだ。

うわごとのように繰り返して、ナツメを離そうとしない。恋人になった途端、シャツがくるんと裏返ったかのように別の顔を見せる幼なじみが愛しい。

こんなトキオを知っているのは自分だけだ。

たまらないほど胸が苦しくなって、自分から腕を回して口づけた。

5

「こんな早く帰ってきて、おばさん寂しかったんじゃないか？」

翌日の東京行きの新幹線。シートに並んで座り、トキオが聞いてきた。

「大丈夫だろ。山内さんがいるし、って言うか新婚だし、俺は逆に邪魔かなと」

「ナツメもついに家なき子か」

「誰が家なき子だ」

肩をぶつけると、乗客が少ないのをいいことに頭ごと抱き寄せられた。

「家なき子でも困らないだろ。これからは俺と暮らすんだから」

小さく囁いてトキオが顔を寄せてくる。

唇が触れる寸前、車内販売のカートが来たので慌てて離れた。

昨日は一日、ベッドの中で色々なことを話して過ごした。真昼の明るい部屋が夕方のオレンジに染まって、互いの輪郭が夜ににじみ出すころになっても話は尽きなかった。

二人で暮らす話は自然と出てきた。遠距離恋愛は最初から考えられず、ナツメが東京へ出るのはいいとして、しかし問題は住む場所だった。当然ヤコ先生のマンションは出るものとして、とにかく家賃が安いところを探そうと話しているとトキオが言った。

――じゃあ、一緒に暮らそうか。

言ったほうも、言われたほうも、全く違和感がなかった。逆に離れているほうが不自然だとすら思える。とはいえあのボロアパートの六畳間に男子二人が生活＋トキオの仕事スペースを確保するのは無理なので、せめてもう少し広いところに引っ越しすることに決めた。

うまく行かなかったらどうしようという不安はなかった。

昔からずっと一緒にいて、もうお互いにペースもクセも知っている。

朝一番で東京に戻ると告げに行くと、母親は反対した。

――ナツメは一見器用なタイプに見えるけど、根が優しいっていうか、男にしては流されやすいところがあるから、こっちでのんびり働くのが合ってると思うわよ。

さすがに親だけあってナツメの性格をよく把握している。

けれど、トキオと一緒に暮らすと言うとやっと納得してくれた。

――トキオくんと一緒なら少しは安心だけど。

その言葉に、チクッと胸を刺された。いつまでも隠し通せるものでもなく、そのときのことを想像するとちょっと怖くなる。けれど、それはまたそのとき考えよう。ピースの数やはまり方が変わっても、家族というパズル自体が消えるわけじゃない。

気にかかっていたトキオの仕事だが、『みるくせーき』には詫《わ》びを入れ、『パノラマ』に全力投球すると聞いてナツメはホッとした。

たくさんこれからの話をして、けれどその全てが楽しいばかりのものではなかった。

少しずつごみごみしてくる風景に、ナツメは目をやった。

東京に帰ってまず一番にすることは決まっている。ヤコ先生の元へ挨拶に行くのだ。マンションを出る挨拶と今までの礼。もし他にもなにか聞かれたら、正直に打ち明けようと思う。東京に残ること。トキオと暮らすこと。

後足で砂をかける、なんて古い言葉が頭に浮かんだ。でも人の気持ちに古いも新しいもない。ヤコ先生に対しては恩を仇《あだ》で返したも同然で、どれだけ責められても仕方ないと思う。もちろん恋愛は誰がいいとか悪いとかいう問題じゃないにしても——。

「なに考えてる？」

ふと問われた。なんでもないと答えたけれど、伝わってしまったようだ。

「やっぱり、俺も一緒に行こうか」

ナツメは首を振った。

「いい。俺がヤコ先生だったら、二人では来てほしくない」

そう言うと、トキオは流れる風景に目をやった。その横顔から表情が抜けていく。感情があふれそうなときほど表情を消す。トキオのくせだ。

「悪い」

トキオはポツンと呟き、もうそのことには触れなかった。代わりに、シートに隠れてそっと手をつないでくる。そのまま、二人でもたれ合って目を瞑った。


「挨拶なんてわざわざいいのに」

開口一番、ヤコ先生はそう言った。とりあえず部屋には入れてくれたものの、それも玄関先までで、あらぬほうを向いたままナツメと目も合わせてくれない。やっぱり顔も見たくないと思われているのだ。覚悟はしていたけれど、こういう別れ方はやはり胸にこたえた。

「じゃあ、俺はこれで……。それとこれ迷惑だと思うんですけど、うちの地元のお菓子です。世話になったんだからどうしても渡してくれって母からあずかったんで、いらなかったら捨ててください。忙しいのに、いきなり訪ねて来てすみませんでした」

ナツメはもう一度頭を下げ、手にしていた紙袋を玄関棚に置いた。

踵を返し、玄関のドアノブに手をかけたときだ。

キュルキュル、という音が聞こえた。

振り返ったが、ヤコ先生はさっきと同じくあらぬほうを向いている。

空耳かなと顔を戻すとまたもや、今度はキューと引きつれるような音がした。

ナツメはもう一度振り向いた。小さな音はヤコ先生の腹辺りから聞こえてくる。ヤコ先生はあらぬほうを向いたまま、じわじわと顔を赤く染めていく。ツッコまないほうがいいだろうと、ナツメは気づかぬフリで帰ろうとしたが――。

「お腹空いた」

「え？」

みたび振り返ると、ヤコ先生は初めてナツメを見た。きっと鋭くにらまれる。

「お腹空いてるんだよ！　悪かったね！」

いきなり大きな声を出されて、ナツメはびくっと後ずさった。

「誰のせいだと思ってるんだよ！　こないだから失恋のショックでなにも食べてないし、なにも手につかないし、でも締め切りは普通にやって来るし、もうやだよ、死にたいよ！」

焦るナツメの目の前で、ヤコ先生はいきなり土産《みやげ》の袋に手を伸ばし、ばりばりと包装紙を破った。紙箱の蓋が手裏剣のように飛んできて、ナツメはさっと避けた。ちょっと待ったと止める間もなく、ヤコ先生は個別包装されている赤いセロファンを勢いよく破る。

その瞬間、茶色の粉が辺り一面にぶわっと舞い上がった。

「ぷはっ、な、なに、これ」

ゲホゲホと咳き込む音がする。

「き、きなこです、それ、きなこ餅なんです」

教えても時すでに遅く、ヤコ先生はきなこだらけになってしまった。

「あ、あの、ヤコ先生——」

「……も、やだ……」

じわっと目に涙を浮かべ、ヤコ先生は床にぺたんとお嬢ちゃん座りになった。

「……なんだよ……ナツメなんか大嫌いだよ。お節介なんかしないで、知らんぷりしてさっさと田舎に追い返せばよかった。部屋貸して、トキオと同じ職場に誘って、最後はフラれちゃって、なんか、僕、馬鹿みたいじゃないか。すごく間抜けじゃないか」

「す、すみませ——」

「謝ってほしくないよ！　余計に自分が間抜けに思えるよ。こんなときに仕事なんかできないよ。お腹も空いたよ。ナツメの馬鹿、アホ、すかぽらちんき、無職！」

ついにただの悪口になってしまった。うわああんと泣き声が響き、ヤコ先生は玄関先の床に突っ伏した。馬鹿、アホ、と罵《ののし》られ、ナツメはその脇で正座して謝り続けた。

十分ほどもそんな状態が続き、ぐすっと最後に洟をすすってヤコ先生は顔を上げた。ナツメを見て、涙でぐしゃぐしゃの顔をわずかにかしげる。

「……なんで、ナツメまで泣いてんの？」

ナツメはすみませんと謝った。つらいのはヤコ先生で、自分に泣く権利なんかないのに、どうしてもこらえきれない。俯くと正座の膝に涙がぽたぽたこぼれて慌てて拭った。

「……馬鹿だね、ナツメは」

「……す、すみませ……」

少しの沈黙を挟み、のろのろとヤコ先生が立ち上がった。

「なんか作ってよ」

「……え？」

「お腹空いた。ナツメのご飯食べたい」

ポカンと見上げていると、早くと手を取られた。泣き顔のままよろよろと立ち上がると、「おいで」と手を引かれてキッチンへ連れて行かれた。なんだかいつもと逆だ。

冷蔵庫にはロクなものが入っていなかったので、素オムライスを作ることにした。ケチャップで味をつけたバターライスに、卵は巻かずにふわふわのまま上に載せる。

「トキオと暮らすの？」

ケチャップライスを炒めているとき、ふと聞かれた。えっと振り向くと、ヤコ先生はダイニングテーブルに両手で頬杖をついていた。目は赤い。でももう涙の気配はない。

「まさか遠恋するはずないしね」

ナツメはまたすみませんと目を伏せた。すると、謝ることないだろと笑われた。なんだか今のヤコ先生は大人っぽい。実際すごく年上なんだけれど、いつもと感じが違って、うっすらきなこだらけなのに、なにか吹っ切ったようにサバサバしている。

「仕事どうするの？　決まるまで、よかったらまだここにいていいよ」

「あ、それが見つかったんです」

「そうなの？」

　信じられないことにそうなのだ。昨日、面接に行った店から採用の連絡をもらった。経験者が三人もいる中で初心者の自分など話にならないと諦《あきら》めていたのに、それが逆によかったと言われた。募集しているのは追い回し以下の雑用係で、経験者を雇うのは逆に忍びなかったのだと言う。けれどやる気があるなら勉強すればいいと言われて嬉しかった。

「正社員じゃないアルバイトだし、初心者だから選ばれたってのもなんかアレですけど、やりたかった料理の仕事だし、いい店らしいんで、とにかく頑張ろうと思ってます」

「……そっか。でもたまには遊びにおいでよね」

　意外な顔をすると、ヤコ先生は苦笑いを浮かべた。

「だって寂しいだろ。それでなくても、僕、友達少ないし」

「そんなことないでしょう。ヤコ先生の周りにはいつも人がいるじゃないですか」

「アシスタントとか編集とか、仕事関係の人はね」

　ヤコ先生は片手で卵を割るナツメを見て「すごいね」と口を挟んだ。

「やな言い方になるけど、正直、飛び抜けて売れると腹を割った友達はできにくくなるよ。昔は必死だったからそういうことあんまり考えなかったけど、今はたまに寂しいなって思う。こういう愚痴自体、自慢って受け取る人もいるからストレスたまる一方っていうか」

「お、俺は自慢なんて思わないです」

ナツメは勢い込んで言った。

「ヤコ先生が毎日すごい忙しいの直に見て知ってるし、遊ぶ暇も本当にないし、いつもネームで唸《うな》ってるし、休みもほとんどないし、ボロボロだし、それに――」

懸命に言葉を探していると、ヤコ先生はありがとうと笑った。

「ナツメはいい子だよね。こんなことがなかったら、僕はナツメにここに就職してほしいくらい好きだったよ。ご飯おいしいし、なんか僕とタイミングが合うって言うか」

「……ヤコ先生」

「まあでも、トキオがアシ辞めないでくれるだけでも助かるかな。おべんちゃらは死んでも言わない性格も気持ちいいし、アシの腕もいい。恋愛とは別のとこで切れたら困るなって思ってたんだ。修羅場のときとかは二人コンビで残ってくれたらよかったけど」

ナツメは料理の手を止め、ヤコ先生と向かい合った。

「……ヤコ先生、俺、将来は料理人になりたいんです」

「うん、分かってるよ。無理には誘わないから」

「だから仕事の合間とか、時間があるときここに料理作りに来てもいいですか」

「ありがとう。でもいいよ、そんな気を遣ってくれなくて」

「気なんて遣ってないです。俺もヤコ先生が好きなんです。トキオとは関係なく」

ムキになると、少しの間を挟んでヤコ先生が小さく笑った。

「嬉しいな。じゃあ、僕と浮気でもする？」

「ええっ」

焦ると、からかうみたいに笑われた。

「冗談。でもそうだね、仕事の合間に来てくれるくらいがちょうどいいかも。ここに就職されて毎日目の前でトキオといちゃつかれたら窓から飛び降りたくなるから」

「そ、そういうのは冗談でも言ったらだめですよ」

さらに焦るナツメに、ヤコ先生もおかしそうに笑う。

二人でクスクス笑い合う中、ヤコ先生がまたキューーッと腹を鳴らした。

「ナツメ、僕、お腹空いちゃったよ」

ヤコ先生がいつものように甘ったるくおねだりをする。

「はい、すぐに作ります」

ナツメもレンジ前に戻り、フライパンに火をつける。

バターが溶けるいい香りに、涙がこぼれそうになった。

ヤコ先生のマンションを出るともう夕方だった。緑が多く植えられた敷地を出ると、すぐそばの植え込みにトキオが座っていた。近くの喫茶店で待っているはずなのに。

「悪い。あんまり遅いから心配になって出てきた」

トキオが立ち上がる。

「もう少し待って出てこなかったら、電話しようと思ってた」

「ごめん、ちょっとオムライス食べてたから」

「オムライス？」

「うん。あとクマの絵を描いたカプチーノ飲んで色々話してた」

「……ずいぶん和やかだな？」

トキオが怪訝《けげん》そうに首をかしげる。ナツメは目を伏せて笑った。

「うん、すごい和やかだったよ。最初はきなこかぶったり大変だったけど」

「きなこ？」

「これからも時間あるときは食事作りに来ますって約束したし、帰るときは仕事頑張ってねって励ましてもらえたし、また海老のグラタン作ってねって言われたし……」

言葉をつなげながら、ナツメはどんどんうなだれた。

足元しか見えなくなったとき、鼻先を伝った涙がポタリと一滴したたった。

「……ごめ……」

ずっとこらえていたものがじわじわとあふれてくる。和やかにオムライスを食べた。コーヒーを飲みながら色々話をした。最後はお互いに手を振ってじゃあまたと別れた。

ヤコ先生がそういう手打ちにしてくれたのだ。

こんなことになってしまって、どれだけ責められても仕方ないと思っていたのに。

容易に人に馴染まないトキオが、ヤコ先生とつきあった理由が分かる。自分が割って入らなければ、トキオはいつかヤコ先生を本当に好きになっていたかもしれない。でもそんなことを自分が思うのはひどい傲慢《ごうまん》で、だから言葉はなにも出てこない。涙ばっかりだ。

「……悪い。しんどい思いさせて」

ナツメは首を横に振った。しんどいのは自分じゃない。トキオでもない。それだけは分かっておこう。

しばらくトキオの陰に隠れるように泣いて、ようやく涙が引いたときには太陽はぽってりとした茜《あかね》色に染まっていた。ビルの隙間から、刺すように伸びるオレンジの光が鮮やかだ。

綺麗だなあと思って、そう思える自分が嬉しく思えた。

最近、夕暮れどきになるとなんとなく寂しい気持ちになることが多かった。

どこにも寄る辺がない、迫ってくる暗い夜に沈んでしまいそうな心もとなさがあった。

でも今日はそれがない。しっかりと地に足がついている。

上京してからずっと、この街には自分の居場所がないと思っていた。

今は隣にトキオがいて、仕事もバイトだけどあって、ささやかだけど希望がある。

大きすぎる期待を持って上京したときとは違うけれど、今はほんの少し、この街でもなんとかやっていけそうな気がしている。ナツメはトキオに笑いかけた。

「待たせてごめん。帰ろっか」

トキオは黙って口端を持ち上げ、自然にナツメと手をつないできた。

そのまま引っ張るように歩き出され、ナツメは慌てた。

「おい、人に見られたら――」

「見られてもいいだろ。この街は広いし、人も多いし、色んなやつがいる」

どうでもいいようにトキオが言い、ナツメもそうかもなと思った。

誰も自分たちのことなど見てやしない。ビルとビルとの隙間、あちこち切り取られた空は赤い光に染まって、行き交う人はみな急ぎ足で、自分たちもその中の一人にすぎない。

なにも特別じゃないし、漫画にも、小説にも、映画にもなりそうにない。

そんなありふれた毎日が繰り返される雑踏へ、二人で手をつないで紛れ込んだ。

あとがき

みなさま、こんにちは。キャラ文庫さんでははじめまして。凪良《なぎら》ゆうと申します。このたびは拙作を手に取っていただきありがとうございます。

今回は『幼なじみ』をテーマに書かせていただきました。幼なじみというと、関係の基礎部分に恋愛以外の気持ちや出来事が膨大な地層のように重なっていて、その上にちょこんと恋愛が乗っかっている安定感が好きです。と言いつつ本作では、今まで安定していた関係に新たな未知の感情がのっかり、扱いに困って右往左往する一部と、そこから一歩踏み出すまでの二部という構成になっていて、タイトルも「恋愛前夜」となりました。

そしてもう一つ、個人的に秘めていた裏テーマが『普通』です。

今作は今年最後に出る本で、あとがきを書きながら、少し気が早いながらこの一年を振り返ってみました。実生活では特に大きな変化はなく、平凡で、普通で、それが実はすごく幸せなことなんだと、色々な場面で実感させられる年であったように思います。

そういう気持ちもあり、今回はあえて物語にしにくい『普通』というテーマに挑ませてもらいました。大きすぎて持ちきれない花束みたいな恋愛ではなく、何百円かで買えるテーブルフラワーみたいな、普段使いの恋愛が書きたいなあと思ったことを覚えています。

イラストは穂波《ほなみ》ゆきね先生に描いていただきました。ラインの一本一本から癒しオーラが放出されているかのような穏やかな絵柄が以前から大好きで、穂波先生に挿絵をしていただけると聞いたときはとても嬉しかったです。今回もキャララフからすでに柔らかなピュアさが伝わってきて、出来上がりを見るのが今からとても楽しみです。

そして担当さん、緊張しいで電話でもいつも話が右往左往する私に根気よくつきあってくださってありがとうございました。すごく自由に書かせていただけて、創作に関しては我が強い私にはそれが一番ありがたかったです。今後もよろしくおつきあい願います。

最後に、この本を手に取って下さったみなさま、ありがとうございます。今回は（今回も？）派手な起伏は特になく、果たしてこれで楽しんでいただけるのだろうかという不安がありますが、普通である分、お話は終わっても、トキオとナツメの暮らしはこの先もずっと『普通』に続いていきます――という安心感のある余韻を目指して筆を置きました。

生きてるだけでお疲れさまな毎日の中で、ささやかながら楽しんでいただけるお話になっていれば嬉しいです。

それでは、また次の本でもお目にかかれますように。

二〇一一年　一〇月　凪良ゆう

この本を読んでのご意見、ご感想を編集部までお寄せください。

《あて先》〒141-8202　東京都品川区上大崎3-1-1　徳間書店　キャラ編集部気付
「恋愛前夜」係

【読者アンケートフォーム】

QRコードより作品の感想・アンケートをお送り頂けます。

Chara公式サイト http://www.chara-info.net/

恋愛前夜

【キャラ文庫】

2011年11月30日　初刷
2025年1月25日　5刷

著　者　凪良ゆう

発行者　松下俊也
発行所　株式会社徳間書店
〒141-8202　東京都品川区上大崎3-1-1
電話　049-293-5521（販売部）
　　　03-5403-4348（編集部）
振替　00140-0-44392

印刷・製本　TOPPANクロレ株式会社
カバー・口絵　近代美術株式会社
デザイン　百足屋ユウコ

ISBN978-4-19-900643-2